観音さまの茶碗

質屋藤十郎隠御用　五

小杉健治

集英社文庫

目次

本文挿絵　横田美砂緒

観音さまの茶碗

質屋藤十郎隠御用　五

第一章　父と娘

一

草は枯れはじめ、落葉が舞う。晩秋のもの寂しい風景が、幸三《こうぞう》の胸を締めつける。四十二歳の本厄だからではない。先日に見舞われた災厄はすべて自分の甘さのせいだ。だが、自分を責めて嘆いてばかりいては、このまま自滅するだけだ。なんとかしなければ、せっかく築き上げた店を失ってしまう。

最後の頼みの綱は自分にとって憎い相手に頭を下げることだ。これぱかりは、死んでも御免だと思っていた。だが、ついにそこまで追い込まれた。

自分ひとりならいい。だが、俺には十七歳になる娘がいるのだ。娘を守ってやらねばならない。どこかいいところに嫁ぐまではくたばることは出来ない。

途中、何度も引き返したくなったが、そのたびに娘のおゆみのことを思いだして、また足を進めた。

下谷広小路《したやひろこうじ》の雑踏の中にやってきた。大店《おおだな》が並んでいる。呉服問屋、紙問屋、仏具問屋、薬種問屋、陣笠《じんがさ》問屋……。

こういう大店から見たら、幸三の小間物屋などゴミ屑《くず》のようなものだと自嘲する。それでも間口一間半（約二・七メートル）のちっぽけな店からはじめ、今は間口二間半（約四・五メートル）と少し大きな店になっている。

吹けば飛ぶような店には変わりないが、幸三とおゆみの父娘ふたりの暮しを支えてくれる大事な店だ。その店を失うわけにはいかなかった。

幸三は下谷広小路の外れにある鼻緒《はなお》問屋『花守屋《はなもりや》』の前に到着した。屋根の大きな看板を見上げ、圧倒された。

幸三の脇をすり抜けて、客が『花守屋』に入っていく。幸三は怖《お》じけづいた。引き返しかけて思い止《とど》まったのはおゆみの顔が脳裏を掠《かす》めたからだ。

「おとっつあん。私、料理屋さんで働くわ」

「だめだ。あんなところで働いちゃだめだ。客の酒の相手をさせられるんだ。だめだ」

「女将《おかみ》さんが、前借りさせてくれるって。そのお金があれば、お店はなんとか……」

「借金で、おめえの身を縛ろうっていうんだ。そんなこと、させられるか」

「でも、このままじゃお店は……」

「心配いらねえ。下谷広小路の『花守屋』という鼻緒問屋の主人は俺の幼馴染《おさなな じ》みなんだ。そいつに相談してみる。きっと助けてくれるさ」

「でも、今までそんな幼馴染みがいるなんて聞いたことはなかったけど」

「そうだったかな。まあ、ともかく行ってみる。いいか、料理屋はだめだ。わかったな」

「はい。でも、ほんとうにだいじょうぶなのね」

「心配ない。幼馴染みが困っているのを見捨てるような男じゃない。俺たちは親友同士だったのだ」

親友……。怯《ひる》む心を奮い立たせようと、何度もその言葉を自分に言い聞かせ、やっと心を決め、店に入った。

「いらっしゃいませ」

番頭らしき男が出てきた。

「いや、客じゃねえんで。じつは旦那にお会いしたいのですが」

幸三は切り出す。

「失礼ですが、どちらさまで?」

「幸三といいます」

「お約束でいらっしゃいますか」

「いえ」

「旦那さまはお約束がないとお会いにならないのです」

最近、幸三は少し痩せた。頬骨が目立つようになった。目玉も飛びだしたように大きい。痩せたのはこのひと月で、飯が喉を通らなかったのだ。

痩せたぶん、目つきが鋭くなったせいか、番頭は警戒ぎみになった。

「昔の友達です。幼馴染みの幸三が会いに来たと仰《おつしや》ってくだされぱわかるはずです」

『花守屋』の旦那は昔は文太郎《ぶんたろう》といった。

幸三が熱心に頼むので、番頭は根負けしたように、

「そうですか。いちおう、きいてまいります」

とちょっと戸惑いぎみに言い、奥に向かった。

約束がないと会わないだと。ずいぶんえらくなったもんだと、幸三は毒づいた。だが、微《かす》かな不安を持っている。文太郎は会ってくれないかもしれない。

いくら親友だったとはいえ、喧嘩《けんか》別れして二十年だ。二十年といえばふた昔。俺のことなどもう忘れたかもしれない。

いや、覚えていたとしても会おうとしないかもしれない。もう俺のことなど、歯牙にもかけないかもしれない。

番頭の戻りが、ずいぶん遅いような気がした。文太郎が迷っているのかもしれない。

幸三は店の端で立っているが、客はあとからあとからやって来る。ずいぶん繁盛していることがわかった。

最後に文太郎に会ったのは十年前だ。会ったといっても、小間物問屋『結城屋《ゆうきや》』の隠

居富右衛門《とうえもん》の葬儀の席で顔を合わせただけだ。文太郎もずいぶん世話になったので、葬儀に参列したのだ。

満足に話し合ったのはいつだったか。喧嘩別れをしたときか。袂《たもと》を分かって二十年、それから何度か顔を合わせたことはあるが、満足な話はしていない。

ようやく、番頭が戻ってきた。

「お会いなさるそうです。どうぞ」

「はい」

番頭は店の奥に連れて行く。台所の手前で、板敷きの間に上がるように言い、自分から先に上がった。

幸三も続く。

そこからさらに庭に面した部屋に案内した。

「こちらでお待ちください」

そう言い、番頭は出て行った。

大きな屋敷だ。庭も広い。池があって、石灯籠もある。坪庭の自分の家とは雲泥の差だ。まるで、自分との違いを見せつけられるようだ。

幸三は落ち着かずに待っていると、やっと羽織姿の文太郎がやって来た。

昔は痩せていたが、だいぶ肥《ふと》って押し出しがよくなっていた。圧倒されるような気持ちで、幸三は軽く会釈をした。

「久し振りですな」

文太郎が鷹揚《おうよう》に言う。

「どうも、ご無沙汰して」

文太郎の顔を見た瞬間に、幼馴染みの甘酸っぱさと喧嘩別れをした苦さがない交ぜになって幸三の心をざわつかせた。

やや頬がたるみ、目尻も下がっているが、男らしい濃くて太い眉は昔と変わらない。耳たぶの大きな子どもだったが、今も同じだ。

子どもの頃から常にいっしょだった。お互いの親の葬儀のときは手をつなぎあって悲しみに耐えたものだった。

何から話していいか、わからなくなった。息苦しい沈黙が続いて、徐々に怒りが込み上げてきた。

おゆみの顔を思い浮かべ、なんとか怒りが爆発するのを押さえた。

「皆さん、変わりはないですか」

文太郎がやっと口を開いた。

「皆さんと言ったって、娘だけだ」

「おかみさんは？」

文太郎は表情を曇らせた。

「別れた」

「別れた？」

文太郎は目に驚きの色を浮かべた。

「もう十年だ」

「『結城屋』の隠居の通夜ではおかみさんといっしょだったが……」

「あのあとだ」

「そうか。それはたいへんだったな」

文太郎は同情するが、心がこもってないことはすぐわかる。そんなおざなりの挨拶を交わしても意味がないので、幸三は思い切って切り出した。

「このとおりだ。金を貸してくれ。二十両だ」

「いきなり、金か」

文太郎は眉根を寄せた。

「久し振りに会ったのだ。もっと他に……」

「あちこち借金をして、もう金を貸してくれるところがねえんだ。頼む」

幸三は相手の言葉を遮って言う。恥を忍んでかつての友人文太郎に頭を下げた。心の中ではいろいろな思いがない交ぜになって暴れている。

幸三と文太郎は同じ長屋の隣同士に住んでいて、同い年ということもあり、兄弟のように育ってきた。

ふたりの仲のよさは兄弟以上だと、近所でも評判だった。あのときまでは……。

「久し振りに会ったんだ。他に言いようがあるんじゃないのか」

文太郎は不満を口にした。

「すまねえ。どうしても金がいるんで、焦っていたんだ」

「なんでそんなに金を？　酒か手慰みか」

文太郎は侮蔑するような目をくれた。

「違う。もう、そんなもの一切やっちゃいねえ」

幸三は顔をしかめ、

「じつに恥ずかしい話だが、詐欺《さぎ》に引っかかって二十両ぶんの品物をだまし取られちまった。うちみたいなちっちゃな小間物屋には二十両は大金だ」

幸三は下谷車坂町《くるまざかちよう》で小間物屋の小さな店を出している。三年前に、間口一間半から二間半の今の店に引っ越したのだ。

「詐欺？」

「面目ねえが、騙《だま》されてしまった」

「どうして気づかなかったんだ？」

「藤堂家の家来で間垣常太郎《まがきじようたろう》という侍がやって来て、櫛《くし》、笄《こうがい》、簪《かんざし》などの大量の注文をしてくれた。お屋敷の女中衆に配るものだと言っていた。それで期日までに数を揃《そろ》えた。足りない分は、親方のところから融通してもらい、揃えたんだ」

「大名家がおまえのような小さな小間物屋を相手にすると本気で思ったのか」

「お女中がうちで買った簪をしていたら、他の女中衆も気に入った。それで、うちからたくさん買おうということになった。そのお侍はうまくいけば、出入りを許されるかもしれないと言っていた。その言葉に乗せられてしまったんだ」

「それにしたって迂闊《うかつ》ではないか」

「藤堂家の御用人さまの書付を持っていた。そこに必要な品と二十両という金額が書いてあったんだ。約束の日に、間垣って侍が中間《ちゆうげん》ふうの男をふたり連れて来て品物を持って行った」

「どうして、自分で届けなかったんだ?」

文太郎は蔑むような目で言う。

「受け取りに来るって言うんで……」

そのとき、もっと注意を働かせておけばよかったのだと、あとになって後悔しても取り返しがつかない。

「晦日《みそか》になって、藤堂さまのお屋敷に行ったら、間垣常太郎という侍もいなければ、お屋敷で簪などを注文したこともないと言われた。御用人さまの書付も偽物だった……」

幸三は肩を落とした。

「おまえの注意が足りないんだ。だいたい、おまえは昔から脇が甘かった」

何をえらそうに言ってやがると、幸三は内心で反発した。てめえは要領がいいだけじゃねえのか。そう言いたいのをぐっと堪《こら》える。

「二十両なければ、店はつぶれる。せっかく、苦労して持った店を手放さなきゃならねえんだ。二十両貸してくれ」

「貸してくれだと。貸してくださいだろう」

「………」

幸三はぐっと堪え、

「貸してください」

と、言いなおした。

「返す当てはあるのか」

「えっ？」

「返せるのかときいているんだ？」

「必ず返す」

「だから、その当てはあるのか」

「ある」

「それがおまえの悪い癖だ。返す当てはないのだろう。だったら、なぜ、そう正直に言わないのだ。素直に、いつ返せるかわからないが、金を貸して欲しいと……」

「俺は恵んでくれと言っているんじゃねえ。貸してくれと言っているんだ」

幸三は反発した。

「条件がある」

「なんだ？」

「おめえの店がちゃんと立ち直れるよう、俺がおまえの商売に口出しをする。それでよければ貸そう」

「おめえが俺を見張るって言うのか」

「見張るわけではない。ただ、おまえが間違ったやり方をしていないか……」

あとの言葉は耳に入ってこなかった。

「なんだ、不服か」

文太郎は腕組みをし、蔑むような目をくれた。

幸三の頭の中に激しい怒りが蘇《よみがえ》った。

裏切り者のくせしやがって。幸三は拳を握り締めた。何度も耐えようとした。だが、頭に血が上った。

「おまえって奴《やつ》は……」

幸三は俯《うつむ》いたまま吐き捨てた。

「なんだ？」

「俺は二十年前のおめえの裏切りを忘れちゃいねえ。おめえなんかに頭を下げたくなかったんだ。それを堪えて頼みにきた」

「………」

「おめえに人間の心があるなら、二十年前の罪滅ぼしに、きっと金を貸してくれるだろう。そう思っていた俺がばかだったぜ」

「幸三。もっと素直になれ」

「それはこっちの台詞《せりふ》だ」

「………」

「もう、頼まねえ」

幸三は乱暴に立ち上がった。

「金がなくちゃ困るんだろう」

文太郎が見上げて言う。

「おめえなんかの世話にならずとも、他を頼るからいい」

幸三は部屋を飛びだした。

廊下に出たとき、若い男とぶつかりそうになった。

「すみません」

文太郎の息子らしい男は謝る。

幸三は黙って出口に向かった。


店を飛び出し、何人かの通行人とぶつかりながら、三橋《みはし》を渡った。

幸三は頭を冷やそうと不忍池《しのばずのいけ》に足を向けた。すると、池の真ん中に突き出ている弁天堂が目に飛び込んだ。

鳥居をくぐり、誘われるように弁天堂に向かう。だんだん、落ち着いてくると、後悔で胸をかきむしりたくなった。

恥を忍んで金を借りに行ったのだ。どうして、何を言われようと我慢しなかったのか。おゆみが心配して待っているんだ。おゆみの身になって話すのだったと、幸三は自分でも情けなくなった。文太郎の顔を見ていると、どうしても気持ちを抑えきれなくなってしまうのだ。俺はばかだと自嘲する。

参道を歩き、弁天堂に向かう。

本堂から引き返してきた風呂敷包みを背負った男が池の縁に向かった。そこで荷を下ろして休んだ。あの男も商売がうまくいくように願いにきたのだろう。

幸三は本堂に行き、ひとの後ろに並んで参拝した。

「どうか、店を守ってください。二十両が調達できますよう」

幸三は熱心に祈っているうちに、ようやく心が落ち着いてきた。もう一度、文太郎に頭を下げよう。

何を言われようが我慢するのだ。ようやく決心を固め、本堂から離れた。

目の前に鳥居に向かって行く風呂敷包みの男がいた。さっき池の縁で休んでいた男だ。煙草《たばこ》でも吸っていたのかもしれない。

そう思うと、幸三も煙草が吸いたくなった。煙草を吸って気持ちを落ち着かせ、それからまた文太郎のところに行こうと思った。

幸三は誘われたように、男が休んでいた場所に向かった。ちょうど、そこは木陰になっていて腰の下ぐらいの高さの岩があり、休むのにふさわしい感じだった。

幸三はそこに行き、岩に腰を下ろそうとした。

足元に何か落ちているのに気づいた。風呂敷に包まれている。幸三はしゃがんで手を伸ばした。重たい。

風呂敷を開いてみると、桐《きり》の箱だった。紐《ひも》を解いて蓋をはずす。茶碗《ちゃわん》が入っていた。幸三は出してみた。黒い釉薬《ゆうやく》を使い、図柄に金色の稲妻が浮かび上がっている。鈍い光沢を放っていて、茶碗に疎い幸三でも、高価なものだとわかった。

あわてて辺りを見回す。誰もこっちを気にしていない。幸三は桐の箱にしまい、風呂敷の代わりに自分の手拭いに包み、風呂敷を懐にねじ込んで、急いで参道に戻った。誰にも見られていない。

手拭いで包んだ桐の箱を胸に抱え、鳥居に向かった。

鳥居をくぐったとき、はっとして立ち止まった。さっきの男が血相を変えて走ってきた。明らかにあわてている。すれ違ったときに、顔を盗み見る。丸顔の目尻の下がった男だ。三十前後だろうか。

これじゃありませんか。そう教えてやろうと思った。追いかけていこうかと思ったが、足が動かなかった。逆に、逃げるように来た道を戻っていった。

下谷車坂町の自分の店に帰って来た。仏具店がたくさん並んでいる中にある小間物屋だ。三年前に茅町《かやちょう》二丁目から引っ越してきた。

だが、『四季屋《しきや》』という看板は今は下ろしてあり、代わりに休業の貼紙がしてある。仕入れる金がなく、店先に目ぼしい品物は何もない。

「お帰りなさい」

娘のおゆみが迎えに出た。十七歳になる。額が広く、目許《めもと》が涼しいのは母親にそっくりだった。

「どうでした?」

おゆみは心配そうにきいた。

「なんとかなりそうだ」

借りられなかったとは言えなかった。

「ほんとう？」

「ほんとうだ」

おゆみの表情が明るくなった。

「ああ、よかった」

目を逸《そ》らし、幸三は自分の部屋に行く。

改めて、茶碗を見る。確かに値打ちものだ。あの男は茶道具屋で、客のところに持参するつもりだったか、それとも客から買い求めてきた後か。

旦那の使いで茶碗を受け取りに行ったのだろうか。

茶碗を手にする。いったい、どのくらいの値打ちだろうか。

急に動悸《どうき》が激しくなった。いくらか、知りたかった。

茶道具屋に見せようかと思ったが、ふと脳裏を掠めたのが田原町《たわらまち》にある質屋の『万屋《よろずや》』だ。

なんでも質草にとってくれるという評判の質屋だ。それに、このようなものを家に置いておくわけにもいかなかった。

幸三は立ち上がった。

「ちょっと出かけてくる」

幸三はおゆみに声をかけて土間に向かった。

「あら、どこに？」

「すぐ帰ってくる」

「気をつけてね」

「ああ」

幸三は店を出て、新堀川《しんぼりがわ》にかかる菊屋橋《きくやばし》を渡り、東本願寺前を通って田原町にやって来た。

胸に手拭いで包んだ茶碗を抱えたまま、無意識のうちに辺りを見回していた。夕方になって、行き交うひとは誰も忙しそうだった。

『万屋』の前に立った。土蔵造りの質屋の屋根に飾られた将棋の駒形をした看板には「志ちや」と書かれ、隅に万屋藤十郎《とうじゆうろう》とある。

幸三は深呼吸をして、暖簾《のれん》をくぐった。

帳場格子の前にいた二十七、八歳と思える番頭ふうの男が顔を上げた。

「いらっしゃいまし」

「これを見てくれ」

幸三は手拭いを解いて、品物を渡した。

「お預かりいたします」

男は紐を解き、桐の箱の蓋をはずし、中から茶碗を取り出した。

「これは見事なものですね」

番頭は感嘆した。

「これは、どうなさったのですか」

「あるお方から頂いたんだ……」

幸三は後ろめたさから息が苦しくなった。

「そうですか。少々、お待ちください。主人にも見せます」

そう言い、番頭は品物を持って奥に向かった。

動悸が激しくなった。盗品か、あるいは失せ物《うせもの》の知らせがないか調べているのに違いない。幸三は冷や汗が出て、逃げ出したくなった。

やっと番頭が戻ってきた。表情を窺《うかが》う。さっきと変わりはないようだ。

「お待たせいたしました。いかほどご希望でございましょうか」

その言葉に、幸三はほっとし、

「二十両」

と口走ったあとで、

「いえ、いくらでもいいんです」

と、あわてて付け加えた。

「では、二十両ということで」

「ほんとうか」

思わず、幸三は裏返ったような声を出した。

不忍池の弁天さまの御利益《ごりやく》だ。だが、あの血相を変えて駆け戻ってきた目尻の下がった男の顔が脳裏を掠め、幸三は思わず笑みを引っ込めていた。

二

藤十郎がここに質屋を開いたのは三年ほど前である。

もともと、ここは古着屋があった場所で、跡継ぎがなく廃業したあとに、質屋を開いた。藤十郎はめったに店に出ない。番頭の敏八《びんぱち》にほとんど任せている。

『万屋』をはじめるにあたり、藤十郎は質屋の経験のある奉公人を探していたところ、ちょうど、敏八が京橋にある大きな質屋をやめさせられたばかりだった。主人のあまりの強欲さを咎《とが》めるような口をきいたことが理由だった。

二十八歳の敏八は番頭として、ふたりの手代《てだい》とひとりの丁稚《でっち》で店を切り盛りしている。

この者たちには藤十郎の考えを十分に伝えてある。儲《もう》けに走らぬこと、客のためになること、そして、なんでも質草に、というのが藤十郎の考えだ。

身許が定かでない者には金を貸してはならないというお触れがある。だが、藤十郎は、ひとはそれぞれ言うに言われぬ事情を抱えているのだから身許が不確かでも、貸し付けるという姿勢をとっている。

したがって、身分不相応な品物を持ってきた客でも疑うことはしない。もちろん盗品の届けが出ていれば別だが、ほとんど受け取ることにしている。客にはいろいろな事情があるからだ。

だから、入質証文にある下谷車坂町の幸三という四十二歳の男が、高価な茶碗を持ってきたとしても疑うことはしない。

幸三が言うように、何らかの礼として富豪から茶碗をもらったのかもしれない。そのことを疑う材料はない。

今、藤十郎は茶碗を手にしてためつすがめつ眺めている。そして、あることに気づいたが、敏八には言わずにおいた。

「では、仕舞っておくように」

敏八に茶碗を渡す。

桐の箱に納め、袱紗《ふくさ》に包んで、敏八は土蔵に向かった。

藤十郎は改めて茶碗のことを考えた。あの茶碗の底にあるかなしかの黒い染みがあった。血だ。拭き取ったあとがあるが、十分に拭き取れなかったものと思える。

この茶碗を巡り、何らかの惨劇があったのかもしれない。問題はこの惨劇がいつ起きたかだ。

いずれにしろ、そんな因縁のある茶碗なので、持主は幸三に譲ったのかもしれない。

だが、藤十郎は気になった。なんでも質草にとるということは、そのものにすべて責任をとることでもある。

翌朝、藤十郎は入質証文にある下谷車坂町に行った。

この辺りは俗に稲荷町《いなりちょう》といい、仏具店がたくさん並んでいる。その中に、『四季屋』という小間物屋があった。

だが、店は閉まっていて、大戸《おおど》に休業の貼紙があった。

隣の仏具店に顔を出し、

「お訊《たず》ねしますが、お隣の『四季屋』さんは休業中なのですか」

と、藤十郎は顔が横に広い番頭らしい男にきいた。

「そう、ひと月ほど前、詐欺に引っかかって品物をごっそり持って行かれてしまったそうです」

「詐欺？」

藤十郎は臭いものを嗅いだように顔をしかめた。

「なんでも藤堂さまのお屋敷からの小間物の注文があって、品物を渡したあと、藤堂さまの上屋敷に代金を受け取りに行ったら、藤堂家ではそんな買い物はしていないと言われ、はじめて騙されたと気づいたそうです」

「そんなことがあったのですか」

「ええ、騙されたとわかってから数日経《た》ちますが、店は閉めたままです」

「どのくらいの被害だったのですか」

「なんでも二十両だと聞いています」

「二十両……」

質草の値段といっしょだと思った。

「『四季屋』さんのご家族は？」

「幸三さんと娘のおゆみさんのふたり暮しです。ふたりで交代で店番をしていました」

「そうですか。わかりました」

礼を言って、藤十郎は仏具店を出た。

幸三に会おうかと思ったが、詐欺のことを岡っ引きの吾平《ごへい》にきいてからにしようと、『四季屋』に寄らずに引き上げた。

近くの自身番に寄って、吾平の行き先を訪ねると、きょうは蔵前《くらまえ》から浅草のほうをまわるらしいと聞いた。

吾平は三十半ば過ぎ。色白ののっぺりした顔で、唇が薄く、舌が赤くて長い。話しながら、何度も舌なめずりをする。それで、蛇のようで不気味だと、世間から蛇蝎《だかつ》のごとく嫌われている男だ。

藤十郎はいったん『万屋』に戻った。

「お帰りなさいまし」

店に顔を出すと、敏八が声をかけてきた。

「旦那さま。さっき、吾平親分がやって来ました。旦那さまに御用のようです」

「親分が。で?」

「すぐ戻りますと言いましたら、四半刻《しはんとき》(三十分)後に、また来ると仰っていました」

「では、来たら呼んでもらおう」

「はい」

藤十郎は帳場の裏の部屋に入った。ここで、藤十郎は質入れ台帳を調べる。自分の留守中にどんなものが質入れされたか知っておくためだ。

きのうの茶碗のような高価なもの、あるいは曰《いわ》くあり気な品物なら、敏八は藤十郎に相談するが、ほとんどの品物は敏八の考えで始末している。

四半刻経たずして、吾平がやって来たと、敏八が知らせてきた。

「客間にお通しして」

「はい」

藤十郎は台帳を片づけてから立ち上がった。

客間に、吾平が待っていた。

「突然、お邪魔して、申し訳ありません」

「いえ。私も親分に用があったのでちょうどよかった」

藤十郎は細面で、眉尻はつり上がり、切れ長の目はいつも遠くを見通しているかのように鋭い光を放ち、高い鼻梁《びりょう》と真一文字に結んだ唇とも相俟《あいま》って、ひとを寄せつけない気高さがあった。

よぶんなことは口にせず、めったに笑わない。だから、周囲はとっつきにくく思っているかというと、藤十郎は誰に対しても分け隔てなく接するので、皆から信頼されている。

この吾平もそうだった。最初は藤十郎に対して敵意を剝《む》き出しにしていたが、今では藤十郎に好意を示すようになった。

「まず、親分のほうから」

藤十郎は話を促す。

「へい。では」

吾平は居住まいを正してから、

「他でもありません。鴻池《こうのいけ》のことです」

「…………」

鴻池は大坂の豪商である。大名も頭が上がらないほどの金持ちで、その鴻池には闇の組織ともいうべき裏鴻池という一派がいる。鴻池の財力を武器に次々と大名家を支配下に置き、さらに江戸へ乗り込もうとしていた。

それを阻止するために藤十郎は、吾平にも鴻池の江戸店の探索を頼んでいた。

「妙なことに、鴻池の江戸店から主だった者が江戸を引き払って行きました」

「江戸を引き払った？　一時の帰国ではなく、ですか」

「そうです。残った奉公人にきくと、江戸店の主人や番頭は大坂に引き上げ、もう江戸には来ないと」

「そうですか」

「取り引きのあった商家を幾つか訪ねましたが、江戸に戻って来ないのは間違いないようです」

「そうですか。引き上げましたか。でも、油断はなりません。ひそかに、何かを企《たくら》んでいるかもしれません。でも、当面は静かにするでしょう」

「そう思います」

大坂の鴻池に対抗する勢力が江戸の『大和屋《やまとや》』であった。

神君家康公は商人の台頭とともに、やがて武家が困窮していく事態を予想し、『大和屋』を作ったのだ。

札差《ふださし》からも相手にされなくなった旗本・御家人に金を貸し出し、救済する役目を担っているのが『大和屋』である。

その『大和屋』の資金源は浅草弾左衛門《だんざえもん》である。家康公は今日のことを予期し、浅草弾左衛門に特権的な職を与える代わりに莫大《ばくだい》な金がそこに集まるような仕組みを作った。

鴻池は江戸に進出し、幕府直参である旗本・御家人を豊富な金で籠絡しようとした。

その鴻池の野望を、藤十郎が挫《くじ》いたのだ。

「ともかく、一安心です」

藤十郎はいくぶんほっとした。

鴻池との闘いにかかずらったら、本来の質屋を通して庶民を守るという仕事が出来なくなる。

「親分。じつは、ちょっと小耳にはさんだのですが、車坂町にある『四季屋』という小間物屋が詐欺に遭ったそうですね」

「ええ。そうなんです」

吾平は身を乗り出し、

「九月初めでした。『四季屋』に藤堂家の家来で間垣常太郎という侍が御用人の書付を持ってやって来て、櫛、笄、簪などを大量に注文したのです。お屋敷の女中衆に配るものだと言っていたそうです。それで期日までに数を揃えた。足りない分は、親方のところから融通してもらった。約束の日に、間垣常太郎が中間をふたり伴ってやってきて、柳行李《やなぎごうり》に入れた荷物を運んで行った。ところが、晦日になって、代金を受け取りに藤堂家にいったら、当家ではそんな注文はしていないと言われたそうです」

「御用人の書付も偽物だったのですね」

「そうです。もちろん、藤堂家には間垣常太郎などという家来はいませんでした」

「ひょっとして、このような被害は他にも？」

「はい。日本橋本町の小間物屋と芝神明町《しばしんめいちょう》の鼻緒問屋が同じような手口でやられていました。この二カ月間で、三件です」

「手掛かりは？」

「大名家の家臣を名乗った侍は細面で鼻筋の通った顔だちだということです。中間のひとりは鼻の横に大きな黒子《ほくろ》があり、もうひとりは色が浅黒かったということです」

「三件とも同じ連中ですか」

藤十郎は呟《つぶや》いてから、

「ところで、盗んだ品物はどうしているのでしょう？」

「そこがわからないんです。同業の店に持ち込まれてはいません」

「買い取るところがあるのかもしれません。たとえば最近、他より安く売っている店があるとか」

「そうですね。そこら辺りを調べてみましょう」

「何かわかったら教えてください」

「へい」

「それから、最近、どこぞで茶碗を盗まれたという話は聞きませんか」

「茶碗ですか。いえ」

吾平は不思議そうな顔をした。

「いえ。もし、そのことでも何かわかったら、教えてください」

「わかりました」

吾平はしつこくきこうとはしなかった。

夕方になって、藤十郎は再び下谷車坂町の『四季屋』に行った。

大戸が開いて、大八車が横付けされて、荷が下ろされていた。幸三と若い女が店の中で荷を解いていた。若い女はおゆみという娘だろう。

商品を仕入れたらしい。荷をすべて下ろしてから大八車は引き上げて行った。

作業が終わるのを待って、藤十郎は声をかけた。

「おそれいります」

「はい」

おゆみが若々しい顔を向けた。品物が入って喜んでいるのだろう。幸三は奥に引っ込んだ。

「幸三さんに」

「おとっつあん」

おゆみが呼んだ。

幸三が出て来た。

「あっしに?」

幸三は藤十郎にきいた。

「じつは、私は田原町の『万屋』の主人で藤十郎と申します」

「『万屋』……」

幸三の顔色が変わった。

おゆみに聞かれないよう藤十郎を奥へ誘《いざな》う。

「何か?」

声が震えている。やはり、あの茶碗には曰くがありそうだ。

「あの品はどなたかからいただいたそうですね。あのような立派な品をくれたひととはどのようなお方か気になりましてね」

「行きずりのお方です。道端で苦しんでいるのを助けてあげたら、いたく感激されてお礼にとくれたんです。そのとき、もしお金にこまったらこれを質屋に持っていけば、ほどほどの金になると仰ってくれて」

幸三は目を逸らして話した。

「じゃあ、どこのどなたかはわからないんですね」

「わかりません」

「そうですか。ところで、先日はとんだ災難に見舞われたそうですね」

「品物をだまし取られたことですか。ええ、そんときは、正直もう首を括《くく》るしかないと思いました。でも、捨てる神あれば拾う神ありです」

幸三は力強く答えた。

「明日から商売を再開するのですね」

「そうです」

「支度で忙しいところをすみませんでした」

藤十郎は『四季屋』の土間を出た。

少し離れた場所から若い男が『四季屋』を見ていた。二十七、八ぐらいの男だ。堅気とは思えない雰囲気だ。藤十郎に気づくと、さっと路地に隠れた。果たして『四季屋』を見ていたのかはさだかではないが、気になった。藤十郎は男が消えた路地まで行ってみた。

路地に人影はなかった。

藤十郎は茶碗に関わりのある人間ではないかと思った。あの茶碗がどういう形で幸三の手に渡ったのかわからないが、もし、茶碗を探している人間がいたとしたら……。岡っ引きの吾平に話して守ってもらうことを考えたが、それには茶碗のことを話さなければならない。

幸三がどういう形で手に入れたかわからない今、迂闊な真似《まね》をして幸三が不利になってはまずい。

自分がしばらく幸三を注意してみようと、藤十郎は心に決め、それと共に、あの茶碗のことを調べてみようと思った。

三

その夜、幸三はおゆみと夕餉《ゆうげ》をとった。久し振りに、酒がついた。

「はい、おとっつあん」

おゆみが徳利《とつくり》を持って言う。

「すまねえな」

幸三は湯呑《ゆの》みを差し出す。

とくとくと音がして、湯呑みいっぱいに酒が注《つ》がれた。

「ごめんなさい」

「だいじょうぶ。こぼれちゃいねえ」

そう言い、湯呑みに口を持っていく。

「ああ、うめえ」

幸三は目を瞑《つむ》り、首を横に振って、喜びを表わした。

「おとっつあんのそんな顔、何日振りに見るかしら」

「そういうおゆみの笑顔だって久し振りだ。ともかくよかったぜ。一時はほんとうにどうなるかと思った」

「ほんとう。私、お店がだめになったら、料理屋に働きに行こうと思っていたのよ」

「だめだ。そんなとこで働いたら悪い虫がついちまう」

幸三はむきになって言う。

この店にも、おゆみ目当ての男の客がかなりいる。おゆみは器量もいいが、気立てもいい。母親とは似ても似つかない。

「でも、ほんとうに友達っていいわね。何年も会っていなくても、こうやって助けてくれるんですものね」

「…………」

「あら、おとっつあん、どうかしたの？」

「なんでもねえ。確かに、持つべきものは友だ」

苦いものを嚙《か》み砕いたような、不快なものが口の中に広がった。何が友なものか。おゆみには、幼馴染みの友が貸してくれたと話したが、文太郎は貸してくれなかった。だが、おゆみにはそう話すしかなかったのだ。

拾った茶碗を質に入れて作った二十両だとは言えるはずがなかった。

「おとっつあん、お酒、進まないじゃない。だいじょうぶ？」

「ああ、すまねえ。ちょっと考えごとをしていた」

幸三はあわてて言う。

「母さん、今頃、どうしているかしら」

おゆみがぽつりと言った。

「あんな女のこと、口にするな」

幸三は吐き捨てたが、はっと気がついて、

「すまねえ。つい、かっとなって」

「ううん。私が悪いの。おとっつあんの気持ちを考えずに……」

「いや、無理もねえ。おめえのおっかさんだ。恋しがるのは当然だ」

「私、べつに恋しいわけじゃないの。ただ、おとっつあんとこうしてしみじみ仕合わせを感じてたら、つい……」

おゆみが涙ぐむ。

「わかる。おめえの気持ちはよくわかる。俺だってほんとうは、元気にやっているのかと気になっているんだ」

「おとっつあん」

「なんだ、さっきはあんなに笑っていたのに。よし、飯にするか」

幸三は湯呑みの酒を呑み干した。

「また、明日から忙しくなるぜ」

飯を食いながら言う。

「そのほうがうれしいわ」

「ほんとうなら奉公人を雇ったほうが、おまえも楽になれるのだろうが、勘弁してくれ」

「私、ひとりで平気よ」

「そうか」

『四季屋』の商売が順調になってきて、奉公人を雇った。住み込みで働いてもらったが、いつの間にか、母親のおふさはその男と出来ていた。

幸三はまったく気づかなかった。ふたりがいなくなって、はじめてそうだったのかとわかったのだ。

おゆみが七歳のときだった。それからは、男手ひとつでおゆみを育ててきた。成長したおゆみが店番を手伝ってくれるようになったが、もうひとり男手があったほうがいいと思うことがあっても、おふさのことがあるので奉公人は雇わずにやっている。きっと、奉公人はおゆみに手を出す。幸三はそう決めつけていた。

「さあ、明日は早い」

飯を食い終え、おゆみはあと片づけをして、お休みなさいと言い、二階に上がった。

幸三は一階の部屋で休む。

ふとんに入ってから、おふさのことを考えた。十年経つ。あの男とちゃんとやっているのだろうか。

裏切られた怒りは大きいが、おふさには感謝しなければならない。おゆみのことだ。俺におゆみを授けてくれたことはいくら感謝してもしきれない。

『四季屋』をもう少しのところで潰すところだった。もし、昨日の茶碗に出会わなかったら……。

それより。あの男は、今頃、どうしているだろうか。高価な茶碗をなくして、困った立場にいるのだろう。

その一方で、あれは弁財天の御利益なのだとも思う。だとしたら、あの男もなくしたことで、何の咎めもなかったかもしれない。

こういうことになるなら、文太郎を訪ねるのではなかったと改めて後悔した。冷たい仕打ちを受けることはわかっていたのだ。

ふたりは茅町二丁目の長屋に隣同士で住んでいた。親同士も仲がよかったが、幸三と文太郎の仲はそれ以上だった。

小さい頃からシジミ売りや納豆売りをやり、長じてからもふたりは棒手振《ぼてふ》りをしていた。ある日、幸三はある考えを口にした。それは十八歳になった時の春だった。

その日は初春には珍しく雪が降った。商売に出ることも出来ず、積もった雪を恨めしく思いながら雪かきをした。

そのあとで、近くの居酒屋に行って、酒を酌み交わしながら、

「文ちゃん、聞いてくれ」

幸三は口を開いた。

「なんだ、改まって」

「棒手振りをしながら金を貯めて小さいながらも店を持つのが、俺たちの夢だよな」

「そうだ。そのために頑張ってきたんじゃねえか」

猪口《ちょこ》を持ったまま、文太郎は言う。

「いつ頃、持てそうだ？」

「そうよな」

文太郎は顔をしかめ、

「あと十年……」

気の遠くなるような話だ。

「そうだ。そんなに貯《たくわ》えは出来ねえ。おめえの言うように十年はかかる」

「ああ。先は長いな」

「長い。これから先、十年間は天秤棒《てんびんぼう》を担いでいかなきゃならねえ」

「………」

「そう考えたらうんざりするじゃねえか」

「うむ」

文太郎は泣きそうな顔をした。

「そこでだ」

幸三はぐっと身を乗り出し、

「ふたりでいっしょに店を持たねえか」

「いっしょに？」

「そうだ。ふたりでひとつの店を持つんだ。ふたりの亭主がいたっていいじゃねえか。俺と文ちゃんならきっとうまくやれる。もし、ふたりで店を持つなら、半分の五年で店を持てる」

「なるほど。それはいい」

文太郎は目を輝かせた。

「いっしょに店をやれば、ずっと幸ちゃんといっしょだ。何だか楽しくなってきた」

「ほんとうに、そう思ってくれるのか」

「当たり前だ。あとで幸ちゃんが、あの話はなかったことにしてくれと言ったたって、俺は許さない」

文太郎は真顔で言った。

その文太郎が、

「幸ちゃん、あの話はなかったことにしてくれ」

と、言い出したのだ。

あのときの衝撃が蘇って、幸三は飛び起きた。

二階から物音はしない。もう、おゆみは寝入ったのだろう。幸三は台所に行き、水瓶《みずがめ》から杓《ひしゃく》で水をすくって飲んだ。

だが、幸三は何に怒っているのか、自分でもよくわからないのだ。ひとにはひとの生き方がある。

そもそも、ひとつの店をいっしょにやろうということ自体、無理な話だったのだ。文太郎を縛りつけてしまうことは出来ない。そう頭ではわかっていながら、幸三は怒りが込み上げてしまうのだ。

相手が文太郎だったからだ。文太郎以外の人間に同じことをされたら、諦めただろうが、文太郎だからいけなかったのだ。

俺は文太郎を生涯の友と思っていた。お互い所帯を持っても、住いは隣同士、家族ぐるみのつきあいをする。

それは希望ではなく、そうなるものだと信じ切っていた。それがもろくも崩れたのは、いっしょに店をやろうと誓った日から四年後のことだった。

その日、幸三が仕事を終えて長屋に帰ってくると、文太郎はすでに帰っていた。その頃、ふたりは小間物問屋『結城屋』から品物を仕入れ、小間物の行商で江戸中を歩き回っていた。

「遅かったな」

帰った気配に気づいて、文太郎が顔を出した。

「きょうは新しい客を求めて、芝のほうまで行って来たんだ」

四年経ったが、思ったように貯えは出来ず、少し焦りはじめていた。

「そうか。ご苦労だったな」

「飯を食いに行くか」

「ああ」

ふたり連れ立って近くの鳥越《とりごえ》神社の近くにある呑み屋に行った。そこで働いていたのがおふさだった。

色白で、艶《なま》めかしい感じだった。まだ十八だというが、ずいぶん大人びていた。男に甘えるような喋《しゃべ》り方をする。とくに、幸三が行くと、無邪気に喜んでくれた。

酒を呑んでいて、急に猪口を置き、

「幸ちゃん。おふささん、おめえに気があるんじゃねえのか」

と、文太郎が顔を寄せてきいた。

「そんなこと、あるものか」

「幸ちゃんにその気があるなら、俺が話をつけてもいいぜ」

「よせよ。そんなんじゃない」

幸三はあわてて言う。

「早くしないと、とられてしまうぜ」

顔を向けると、おふさがにこりと笑った。

最後に茶漬けを食って、店を出た。

いつものように鳥越神社にお参りをした。

拝殿の前から離れると、

「なんて願ったんだ?」

と、文太郎がきく。

「決まっているだろう。早く、ふたりの店が持てますように、だ。文ちゃんは?」

「俺もだ」

文太郎は笑い、言った。

「俺たち、なんだか夫婦みたいだな」

「違いねえ」

幸三も笑う。とにかく、文太郎といっしょにいると楽しかった。自分はほんとうによき友を得たと、心の底から思ったものだ。

鳥居を出たところで、ふいに文太郎が足を止めた。

「どうした？」

「今、何か蹴飛ばした」

文太郎は辺りを見回す。参道の外れの暗がりに何か落ちていた。

「あれだ」

文太郎は拾った。

「やっ、財布だ」

「ずいぶん、入ってそうだな。自身番に届けよう」

「待て」

中を見ていた文太郎が書付を見つけた。

「これが持主だ。これから、届ける」

「もう遅い。明日にしたらいい」

「いや。落としたひとは今頃、困っているはずだ。不安のまま一夜を明かすより、すぐに届けてやる」

文太郎は言った。

このことが、ふたりの運命を変えるようになるとは、想像さえしていなかった。

「おとっつあん」

背後で声がした。

「どうした?」

「どうしたじゃないわ。だって、おとっつあん、杓を持ったまま、呆然《ぼうぜん》と立っているんですもの」

「えっ」

手をみると、確かに杓を持っていた。

「そうか。水を飲みにきて、つい考えごとをしてしまった」

「何をそんなに考えていたの?」

「いや……」

「ひょっとして、おっかさんのことね。私がよけいなことを言ったばかりに」

「そうじゃねえ。そうじゃねえ」

幸三はあわてて否定したが、おふさのことを思いだしていたのも、あながち嘘《うそ》ではなかった。

「おゆみも水を飲みに来たのか」

「いえ、なんだか寝つけなくて。きっと、お店が無事だったので、うれしくて気持ちが昂《たかぶ》っているのね」

おゆみは言ったが、ほんとうは母親のことを想《おも》って眠れなくなったのだろうと思った。

おゆみはおふさに会いたいのに違いない。やはり、血のつながりだと思った。

四

朝陽《あさひ》が眩《まぶ》しい。空は澄み渡っているが、冬が近いことを思わすように、また落葉が舞った。

藤十郎は池之端仲町《いけのはたなかちょう》にある茶道具屋『風林屋《ふうりんや》』の暖簾をくぐった。香《こう》の甘い匂いが漂ってくる。

「これは藤十郎さま。お珍しいですな。藤右衛門《とうえもん》さまや藤一郎《とういちろう》さまにはお屋敷にお伺いしましたときにはお目にかかっておりますが」

主人の雁次郎《がんじろう》が微笑《ほほえ》んだ。

「ご無沙汰しております」

藤右衛門は入谷田圃《いりやたんぼ》の外れに広大な敷地を持つ『大和屋』の当主である。そして、藤十郎の父であり、藤一郎は兄だ。

『大和屋』は幕臣である。町人を装っているが、れっきとした武門の家である。神君家康公の遺命を果たすべく役目を負っている。

「雁次郎どの。きょうはお伺いしたいことがあって参りました」

藤十郎は上《あ》がり框《がまち》に腰を下ろす。

「なんでしょうか」

「黒釉に金の稲妻の図柄の茶碗が私の店に持ち込まれました。それだけではっきりとはわからないと思いますが、このような茶碗の持主に心当たりはございませんか」

「それは、当代の名人梅津恭作《うめづきょうさく》の作かと思います」

「梅津恭作ですか」

藤十郎も名だけは聞いている。確か、京の人間だ。

「最近、高値で出回っているようです。焼いている途中で偶然に出来た模様が稲妻のようなので黒釉金稲妻《くろゆうきんいなずま》の茶碗と名づけたようです。二度と同じようなものが出来ないので貴重なものとされています。たったひとつしかありませんので、所有している者は同業の者に問い合わせればわかるかもしれません」

「お願いしたい。ただ、その茶碗が私のところに持ち込まれたことは他言しないでもらいたい」

「承知しております」

「では、頼みました」

池之端仲町を出て、上野山下から浅草方面に向かう。

広徳寺前の通りを過ぎる。右手には仏具店が並んでいる。やがて、その中に、小間物

ようだ。

きょうから店は商売をはじめたようだ。娘のおゆみが店番をしている。客がひとりいて、おゆみに何か話しかけている。若い男だ。きのう、この家の様子を窺っていた男の『四季屋』が現われる。


（※）


おゆみが迷惑そうな顔をしているので、藤十郎は店先に立って聞き耳を立てた。

「おゆみだな。歳《とし》は？」

「十七です」

「で、おまえのおっかさんの名は？」

「あの、どうしてそんなことを？」

「今にわかる。で、おまえのおっかさんの名は？」

「何かのお調べですか」

「いいから答えるんだ」

男は大きな声をあげた。おゆみがどきっとしたように身をすくめた。

「どうしたんだね」

藤十郎は男の背中から声をかけた。

「なんでえ」

振り向いたのは剣呑《けんのん》な顔をした目の細い男だ。頬から唇にかけて切り傷がある。二十

七、八だろう。やはり、きのう路地から様子を窺っていた男だ。
「おめえは誰だ？」

「父親の知り合いだ。おまえさんは？」

「俺は銀次《ぎんじ》ってもんだ」

「ここで何をしている？」

「おめえは関係ねえ。引っ込んでいろ」

「そうはいかぬ。おまえさんの話を聞いていたが、まるで威《おど》しのようだ」

「けっ」

銀次は唾を吐き捨て、

「俺は、この女の父親から頼まれてやってきたんだ。邪魔するな」

「父親がそんなこと頼むはずがない」

「ほんとうの父親だ。庄蔵《しょうぞう》だ」

「おまえさんはどうやら人違いをしているようだな」

「何を言いやがる。何もわかってねえくせに。俺は庄蔵さんから頼まれて、確かめにきただけだ」

「何を確かめるのだ？」

「だから、この女がほんとうに庄蔵さんの娘かどうかだ」

「庄蔵なんて知りません」

おゆみが叫ぶ。

「庄蔵に伝えるんだ。人違いだとな」

藤十郎は銀次を土間から追い出す。

「おい、おめえのおっかさんの名はおふさじゃねえのか。どうだ？」

銀次は喚《わめ》くようにきいた。

「どうして、その名を？」

おゆみが薄気味悪そうにきく。

「そうなんだな。わかったぜ」

銀次は藤十郎を睨《にら》みつけてからいきなり踵《きびす》を返し、浅草のほうに向かって駆け出した。

「今の男、はじめてか」

藤十郎はきいた。

「はい。さっきいきなり入ってきて」

おゆみは青ざめた顔をしている。藤十郎は気になってきいた。

「銀次という男のことで何か思い当たることでもあるのか」

「いえ。でも」

「どうしたね」

「おっかさんの名を知っていました」

「近所の人間にきけば、知ることは出来よう」

「いえ、私のおっかさんは十年前に家を出て行ったんです。ここに引っ越してきたのは三年前ですから、近所のひとは私のおっかさんの名は知らないはずです」

「…………」

「どうして、あのひとは十年前に出て行った私のおっかさんの名前を知っているんでしょうか」

「立ち入ったことをきくようだが、母親はなぜ、出て行ったのだ」

「お店で働いていた男のひとといっしょに出て行ったのです。私は七歳でしたが、おっかさんが男と出て行くのを店先で見送ったのを覚えています。たった一度、おっかさんは振り返りました。そのとき、私は戻ってきてって祈りました。でも、おっかさんはすぐ顔を戻し、そのまま行ってしまいました」

「その男が庄蔵ではないのか」

「いえ、そんな名前ではなかったと思います」

「そうか」

いずれにしろ、銀次はこの家のことに詳しい。

「どうしたんだ？」

背後で声がした。

「おとっつあん」

幸三が帰ってきた。

幸三は藤十郎を見て無言で頭をさげると、すぐ逃げるように奥に入った。やはり、後ろめたい思いがあるのだろう。

客がやって来たので、藤十郎は店から離れた。


夕方、『万屋』に、藤十郎を訪ねて、『風林屋』の鴈次郎がやって来た。

「わざわざお越しいただかなくとも、使いをくだされればお伺いしましたのに」

藤十郎は恐縮して言う。

「いや、早くお知らせしたほうがよいと思いまして」

そう言い、鴈次郎は客間に入ってきた。

「何かわかったのですか」

「あの茶碗を持っていたのは旗本の与田為三郎《よだためさぶろう》さまです。与田どのは茶の嗜《たしな》みがあるお方ですが、二カ月ほど前に、さる大店の主人から買い取ったそうです。ところが、それ以来、お屋敷に不幸が続き、とうとう先日は奥方がお亡くなりになったそうです」

「奥方が？」

「はい。詳しいことはわかりません。与田どのは不吉な茶碗を元の持主に返そうとし、出入りの商人に預けた。ところが、その男が不忍池の弁天さまに寄った帰りに、その茶碗を休んだ場所に忘れてきたと」

「なるほど」

藤十郎は幸三が茶碗を手に入れた経緯が理解出来たと思った。

「ちなみに、その大店とは？」

「はい。神田須田町《かんだすだちょう》にある古着屋『能代屋《のしろや》』でございます。主人の伊右衛門《いえもん》も茶道楽でした」

「いったい、あの茶碗はいくらで売り買いされたのですか」

「百両の値打ちとか」

「百両ですか」

藤十郎は思わず唸《うな》る。

「はい。もっとも、欲しい者からしたら百両を出すでしょうが、そうではないものにしたら、十両でも高いかもしれませぬ」

「しかし、百両で売り買いされるのですね。与田どのも当然、百両で買い求めたのでしょうね」

「そうだと思います」

「与田どのはどのような家格なのですか」

「三百石で、書院番士だそうです。年齢は三十三歳」

「三百石ですか」

茶碗のために、百両を平気で出せたのだろうか。

「その茶碗の紛失届けは出してあるのでしょうか」

もし、それが出ていれば、そのお触れはあるはず。

「出してないようです」

「出してない？　なぜでしょう。百両の代物です」

「そうですな」

鴈次郎も首をひねった。

藤十郎は手を叩《たた》いた。

「お呼びでございますか」

廊下を走ってくる足音が部屋の前で止まり、敏八が襖《ふすま》を開けた。

「車坂町の幸三が入れた質草を持ってきてもらいたい」

「畏《かしこ》まりました」

敏八は襖を閉めて下がった。

「藤十郎どの。どうなさいますか」

雁次郎がきいた。

「この茶碗の持主は与田どのか能代屋か」

「さあ、中途半端でございますな。おそらく、能代屋は茶碗を返されたとしてもお金は返しますまい。与田どのがひとり損をしている様子でしょうか」

「与田どのは不吉な茶碗などいらないと思っているから、金が戻るより、早く始末したいと考えているでしょう」

「はい。つまり、茶碗は宙ぶらりんになっているということです」

「そうか」

「ですから、この茶碗を拾って質入れしたものが得をしたということでしょうか」

確かに、紛失届けも出ていないのだから、幸三に罪は及ばない。だが、問題は期限が来たときだ。

「期限は半年です。もし、質入れした者が期限内に受け出せなければ、質流れとして売りに出すことになります」

「そのとき、与田どの、能代屋、あるいは使いの者がどう出るか」

雁次郎はため息をついた。

「お持ちしました」

敏八が声をかけて入って来た。

「ごくろう」

品物を置いて、敏八は出て行った。

藤十郎は桐の箱の紐を解き、蓋を開けて茶碗を取り出した。

「どうぞ」

鴈次郎に渡す。

両手で包むように持ち、

「なかなかのものです」

と、鴈次郎は言う。

「底のほうをよくごらんください」

「底を？」

鴈次郎は明かりのほうに底を向ける。

「汚れがございますね」

「ええ、血だと思います」

「血……」

鴈次郎は顔色を変えた。

「何があったのでしょうか」

「想像でしかありませんが、奥方が亡くなったことと関係があるのかもしれません」

「奥方と……」

「風林屋さんは、どうして与田どののことがわかったのですか」

「茶会でごいっしょする朋輩のお侍さまからお聞きしました。ただ、そのお方も深くは存じあげないようです」

その後は、世間話をして、雁次郎は駕籠《かご》に乗って帰って行った。

ひとりになって、改めて茶碗を眺める。なぜ、血が……。

おそらく洗い流したのであろう。だが、汚れは残ったのだ。血だとしたら、この茶碗をめぐって何らかの惨劇があったと想像出来る。

やはり、奥方の死が何か関わっているのだ。そのことを調べてみる必要がある。


翌日の朝、藤十郎は入谷田圃の外れにある『大和屋』に行った。

朝早くから、大身《たいしん》の旗本の用人がやって来ているらしく、藤十郎は四半刻ほど待たされてから、ようやく当主の藤右衛門の部屋に通された。

「待たせたな」

横にいる兄藤一郎が声をかけてから、

「藤十郎。鴻池のほうで何か動きがあったのか」

「いえ。鴻池はいったん江戸から手を引いたようです。また、新たに策を練ってやってくるかもしれませんが、当面はおとなしくしておりましょう」

「そうか」

藤一郎が答える。

「藤十郎」

藤右衛門が声をかけた。

「はっ」

「願いごとなら、早く申せ」

皺《しわ》だらけの顔に鋭い眼光、長く白い顎鬚《あごひげ》。藤右衛門は怪異な容貌である。じつの父という思いで接したことはない。

「じつは、書院番士の与田為三郎どのの奥方が最近、お亡くなりになった由。亡くなったわけを知りたいのです」

藤十郎はさらに、

「もし、与田どのが隠しているのだとしたら、上役もほんとうのことを知りますまい。したがって、知っているとしたら、与田どのと親しくしている旗本しかいません。書院番頭《ばんがしら》どのに聞いていただければと思いまして」

「与田為三郎と親しい人間がわかればいいのだな」

「はい。あとは私がきき出します」

「藤一郎。すぐ手を打ってやれ」

藤右衛門は藤一郎に命じた。

「承知いたしました」

「ありがとうございます」

「よし、下がれ」

藤右衛門は言う。

「はっ」

きょうも、父子らしい交流がないまま、藤十郎は下がらねばならなかった。『大和屋』に与えられた使命の前には父子の情など邪魔でしかなかった。

五

店に客が戻ってきた。おゆみが店番をしているときのほうが客の入りが多い。若い男向けに、煙草入れや根付などを置いたらどうだろうか。おゆみ目当てに、客はもっと増えるかもしれない。

そう思ったものの、すぐ首を横に振った。おゆみをだしに商売したって長続きしやしない。もし、おゆみが嫁に行って店番をしなくなったら、たちまち客が来なくなってしまう。もっと、まっとうな商売をしなきゃ長続きしねえ。幸三はおゆみの接客ぶりを見ながら反省した。

それにしても、男の客が多い。女といっしょに来るならともかく、ひとりで来る男の目的は何なのだと、幸三は邪推してしまう。

今も男がひとりで品物を見ているが、おゆみ目当てのような気がしてならない。

その客が引き上げると、またひとりで男がやって来た。二十六、七歳の堅気とは思えない男だ。

「何しにいらっしゃったんですか」

おゆみが厳しい声を出した。

裏にいた幸三はすぐ出て行った。

「どうした？」

「幸三さんですね」

男はにやついて言う。

「なんだ、あんたは？」

幸三は剣呑な顔をした目の細い男を睨みつける。頰から唇にかけての切り傷が凄味《すごみ》を見せている。

「庄蔵さんの弟分の銀次でさあ。庄蔵さん、覚えているでしょう」

「庄蔵なんて知らねえ。客じゃなければ帰ってくれ」

幸三はおゆみにちょっかいをだしにきたのだと思って、追い返そうとした。

「おゆみさん。明日、庄蔵さんがおまえさんを迎えに来る。楽しみにな」

含み笑いを浮かべ、銀次は着物の裾をつまんで引き上げて行った。

（庄蔵……）

幸三は内心で呟く。

「おとっつあん。庄蔵って誰？」

「知らねえ。あいつが何を言っているのかさっぱりわからねえ」

幸三は不快な気持ちのまま部屋に戻った。

おゆみも追ってきた。

「あの男、きのうも来たのよ」

「なんだって？」

「私の父親から頼まれてやって来たんだって言っていたわ。ねえ、おとっつあん、庄蔵って誰なの？」

「知らねえ。ほれ、客だ」

若い女の客がやって来て、おゆみは店に出て行った。

あの庄蔵か。でも、なぜ、今頃……。

　あの日も、いつものように文太郎とふたり連れ立って鳥越神社の近くにある呑み屋に行った。

　銚子《ちょうし》を運んできたおふさに、何を血迷ったのか、文太郎がいきなり言った。

「こいつ、おふささんが好きなんだ」

「おい、文ちゃん、何を言い出すんだ。変なこと言うな」

「何照れているんだ。はっきり言えよ」

「ばかやろう。おふささんが困っている」

　おふさはほんとうに泣きそうな顔をした。

「うれしいわ。でも、だめなの」

「何がだめなんだ？　おふささんは幸三のことを何とも思っていなかったのか。いや、そんなはずはねえ。おふささんだって、幸三のことが満更でもなかったはずだ」

「文ちゃん、やめてくれ」

　幸三はいたたまれなくなった。

「そうよ。私も、幸三さんが好きよ。でも、私、だめなの」

「だから、なんでだめなんだ？」

「じつは……」

「じつはなんだ？」

「じつは、私、亭主持ちなの」

瞬間、目の前が真っ暗になった。

おふさが下がってから、

「幸ちゃん、ごめん。まさか、おふささんに亭主がいるなんて想像もしていなかった」

「気にしちゃいないよ」

幸三は強がりを言ったが、ずっと涙を堪えていた。

文太郎と喧嘩別れをして数年後、小間物の行商をしているとき、吾妻橋《あずまばし》から身投げをしようとしている女がいて、幸三はあわてて抱きしめて欄干から引きずり下ろした。

死なせてと泣きじゃくる女の顔を見て、幸三は目を疑った。

「おふささんじゃないか」

「あっ、幸三さん」

おふさは幸三を突き飛ばし、欄干にとびついた。幸三は手を摑《つか》み、必死で体を押さえつけた。

「幸三さんに、こんな惨めな姿、見られたくなかった」

おふさは泣き伏した。

落ち着くのを待ってから、

「とりあえず、俺のところに来るがいい」

と、当時住んでいた茅町二丁目の長屋に連れ帰った。

その夜は疲れていたのか、安心したのか、おふさは倒れ込んですぐに眠りに落ちてしまった。

翌日の昼近くに目を覚まし、やっとおふさは事情を話しだした。

「亭主は酒に博打《ばくち》に喧嘩。それしかないような男でした。身籠ったと知ると、急に態度を変えて、子どもの面倒なんて見られないといって私を捨てて出ていってしまったんです。今さら呑み屋でも働けず、ついに死のうと……」

「子どもが出来るのか。子どもには罪はねえ。ここで産むんだ。それまで、俺が面倒を見てやる」

幸三は男気を見せた。

そして、いっしょに長屋で暮らすようになった。

「ご亭主はどうしているんだろうか」

「賭場で喧嘩をして相手に大怪我《おおけが》をさせて江戸を離れたって、誰かが言っていたわ」

「そう。ご亭主の名は？」

「庄蔵よ」

「おとっつあん。庄蔵って誰？」

おゆみの声が蘇る。

本当に、おふさの亭主だった庄蔵だろうか。いったい、何のためにここにやって来るのだ。

もし、庄蔵がやって来たら、俺がおゆみの実の父親ではないことがわかってしまう。

幸三はうろたえた。

おふさがいなくなったあと、おゆみとふたりで生きてきた。文太郎と仲違《なかたが》いをしてからの自分を支えてくれたのはおふさとおゆみであり、おふさがいなくなったあとは、おゆみとふたりで歯を食いしばって生きてきた。

今日までやってこれたのもおゆみがいてくれたからだ。おゆみがいなかったら、とっくに何もかも放り出していただろう。

ちくしょう。なんで、俺ばかり、こんな目に遭わなきゃならねえんだ。

庄蔵はおゆみを連れて行くつもりなのだ。おゆみは血のつながりがないと知っても、俺のそばにいてくれるだろうか。

「おとっつあん」

おゆみがやって来た。

「どうしたの、おとっつあん。泣いているの？」

おゆみは悲鳴をあげるようにきいた。

「なんでもねえ。目にゴミが入ったんだ」

「庄蔵って男のことね」

「………」

「ちゃんと話して」

もうこれ以上、隠し通すことは出来ない。

「今夜、話す」

幸三はため息を二度ついた。

「きっとよ。じゃあ、お店に出ているから」

おゆみは働き者だった。


店の表戸を閉め、夕餉をとりおわったあと、いよいよ幸三はすべてを話すことにした。

「庄蔵というのは、おまえの実の父親だ」

「えっ」

おゆみは絶句した。

「すまねえ。ずっと隠していた」

「嘘、嘘でしょう。そんなの信じられないわ。私はおとっつあんの子よ」

「おゆみ。聞いてくれ」

おゆみと面と向かったが、幸三は胸の底から突き上げてくるものがあって、なかなか切り出せず、口籠った。

鳥越神社の近くにあった呑み屋でよく会う苦み走った顔の男がいた。おふさが亭主と言ったのは、その男だった。それが庄蔵だ。堅気には思えず、ひそかにおふさを心配したものだった。

「おふさがおまえを……」

幸三はやっと切り出した。

「おまえを身籠ったあと、庄蔵はおふさを捨ててどこかに行ってしまったんだ。路頭に迷ったおふさは死のうとした。たまたま、俺が通りかかって助けた。それから、おふさは俺の長屋で暮らすようになった。そこで、おまえが生まれた。とってもかわいい子だった。俺はおまえを自分の子として育てたくなった。それで、おふさにいっしょになろうと言った。おふさも喜んでくれたよ」

身投げ寸前に助け、赤子を産むまで面倒を見、生まれたあとは所帯を持つ。おふさにしてみれば、幸三は命の恩人のはず。それなのに、幸三とおゆみを捨てて奉公人といっしょに逃げた。

「おふさがいなくなったあと、おゆみとふたりで今日までやってきた。おまえがいなければ、こんな店はもてなかった」

「おとっつあん」

おゆみが幸三の腕を摑んだ。

「私が生まれたとき、そばにいてくれたのはおとっつあんなんでしょう。私のおとっつあんはひとりしかいない」

「おゆみ」

幸三は涙を拭い、

「なあに、心配いらねえ。俺がおまえを絶対に守ってみせる」

奴らの狙いが金だということはわかっていた。


庄蔵がやってきたのは、翌日の夕方だった。店を閉めようとするのを見計らって、まず銀次が土間に入ってきた。

「きょうは、お店はおしまいです」

おゆみがきつい声で言う。

「帰れ」

幸三は銀次の前に顔を突き出して叫ぶ。

「とっつあん。おゆみさんの実の父親が娘を迎えにきたんだ」

銀次が言う背後から、四十過ぎのいかつい顔の男がぬっと顔を出した。

「あんたは……」

若い頃の整った顔だちは今は醜く変貌しているが、切れ長の目の辺りに面影があった。

「久し振りだな」

庄蔵は片頬を歪《ゆが》めて笑う。

「何しに来た？」

幸三は声を震わせた。

「何しに来たとは、おかしなことを言うな。父親が娘に会いに来ちゃ悪いのか。おゆみ。会いたかったぜ」

しらじらしく、庄蔵がおゆみを見た。

「あなたなんか知りません」

おゆみが叫ぶ。

「無理もねえ。おめえは小さかったからな」

「なに言いやがる。おゆみに会ったことないくせして」

幸三は身構えて言う。

「いろいろ事情があって、おめえを捨てるようなことになったが、俺はおまえをいっときたりとも忘れたことはなかったぜ」

「どうして、ここがわかったんだ？」

「偶然、おふさに会ったのさ」

「おっかさんに？　おっかさんは今、どこにいるんですか」

「いっしょに来れば、会わせてやる」

「行きません」

「おゆみ。何を言っているんだ。俺とおめえは血がつながっているんだ。ここにいるのは、まったくの赤の他人だ」

と、庄蔵は幸三を顎で示す。

「帰れ」

幸三は庄蔵に迫った。

「とっつあん、やめねえか」

銀次が幸三の腕を摑んだ。

「放せ」

「暴れるんじゃねえ」

銀次が凄味を利かせた。

「おとっつあん」

おゆみが幸三にしがみつく。

「おゆみ。今すぐついて来いと言っても、いろいろ支度もあろうから、二日だけ待ってやろう」

庄蔵が涼しい顔で言う。

「町方に訴えてやる」

幸三が叫ぶ。

「おいおい、何を勘違いしているんだ。赤の他人を連れて行こうってわけじゃねえ。実の娘だ。俺がおゆみの父親だってことを明かしてくれる者はいる。おふさが働いていた呑み屋の亭主夫婦だ。まだ、いるぜ」

庄蔵は北叟笑《ほくそえ》みながら、

「だから、おめえたちがいくらじたばたしても無駄なんだ。奉行所に訴えられても俺は痛くも痒《かゆ》くもねえが、もしそんなことをしたら、商売出来ねえようにしてやるぜ。俺たちを見くびるんじゃねえ。いいな」

「…………」

「おゆみ、明後日《あさって》までに支度しておけ」

「あんたなんか、父親じゃありません」

おゆみが言い返す。

「おいおい、おゆみ。おめえの顔だちは俺の若い頃にそっくりだ。昔の俺を知る者たちにきいてみるといい」

「おゆみを連れて行って、どうするつもりだ？」

怒りから幸三は声を震わせてきく。

「俺もそろそろ楽してえんだ。おゆみに親孝行をしてもらおうと思ってな」

「ふざけるな。なぜ、おまえなんかに孝行しなきゃならねえんだ」

「娘だったら、親のために尽くすのは当然だ。その器量だ。おゆみは相当稼いでくれる。打ち出の小槌《こづち》だぜ」

「人でなし」

「自分の娘をどうしようと俺の勝手だ。そんなにおゆみを手放すのがいやならこうしよう。おゆみを俺から買うんだ」

「…………」

幸三は唖然《あぜん》とした。

「おゆみを岡場所に売れば百や二百にはなろう。だが、こんなちっぽけな店じゃ、そんなには出せまい。おゆみをきょうまで育ててもらった礼もある。よし、こうしよう」

庄蔵はにやりとし、

「五十両だ。五十両で手を打とう」

「冗談じゃない」

「おいおい、この俺が冗談を言うように見えるか。五十両を出すか、おゆみを出すか、そっちの考え次第だ」

幸三は握り締めた拳に力を込め、必死に耐えた。

「なんでえ、握り拳が震えているじゃねえか。そうか、俺を殺したいとでも思ったか。殺したいなら、やりな」

庄蔵は冷やかな笑みを浮かべ、

「銀次。匕首《あいくち》を貸してやりな」

「へい」

銀次は懐から鞘《さや》ごと匕首を取り出し、幸三の前に突き出した。

「ほれ、俺を殺したいんだろう。匕首を摑め」

幸三は思わず匕首に手を伸ばそうとした。

「おとっつあん」

おゆみの声に、幸三ははっとした。

刃傷沙汰《にんじょうざた》になれば、幸三は捕まる。そうなったら、おゆみを守る者がいなくなる。

幸三は胸をかきむしるような思いで必死に耐えた。

「ちっ。だらしのねえ」

銀次が呆《あき》れたように言う。

「よし。これ以上、話をしても仕方ねえ。明後日の今時分、おゆみを迎えにくる。おゆみが拒むなら五十両だ。あと二日で五十両を揃えるのが難しいなら、とりあえず十両だ。残りはまたもらいにくる。いいな」

庄蔵は出て行った。銀次も庄蔵のあとを追った。

「おとっつあん。親分さんに訴えましょう」

「いや、そんなことしたって、たいした罪には問われねえ。それより、何仕返しをされるかわからねえ。それに、あんな男でも、おめえに関わりある人間なのは間違いねえ」

「じゃあ、どうするの？」

「おゆみ。俺はきっとおめえを守る。心配しねえでいい」

金で、ことを納めるしかない。幸三はそう思った。

第二章　幼馴染み

一

翌日、藤十郎は根津権現に近い武家地にやってきた。

与田為三郎の屋敷はひっそりとしている。藤十郎はその屋敷の前を行きすぎ、隣家の槌本《つちもと》嘉平《かへい》の屋敷に向かった。

さすが、大和屋の威光か。書院番頭はただちに調べあげ、与田為三郎と親しいのは隣家の槌本嘉平であると教えてくれた。のみならず、藤十郎が訪ねることまで、伝えておいてくれたのだ。

その約束の日時に、藤十郎は槌本嘉平を訪ねた。

長屋門に門番はいない。門番を雇う余裕はないのだろう。

玄関に行き、藤十郎は訪問を告げた。

奥から若党らしき侍がやってきた。

「私は入谷の『大和屋』から参りました」

「お伺いしております。どうぞ」

「失礼いたします」

藤十郎は式台に上がり、若党の案内で客間に通された。

入れ代わって、女中が茶菓を持ってきた。

それから、四半刻ほど待たされて、三十半ばとおぼしき武士が現われた。

「槌本嘉平だ」

目の前に腰をおろし、嘉平のほうから名乗った。

「『大和屋』の藤十郎でございます」

「うむ」

嘉平は難しい顔で頷《うなず》く。おそらく、上役から藤十郎の用向きを聞いていて、警戒しているのだろう。

「さっそくでございますが、槌本さまは隣家の与田さまとお親しいとお伺いしましたが」

「そうだ。父親の代から、隣同士で、子どもの頃から親しくしている」

「じつは、与田さまのご妻女どのがお亡くなりになったことでお伺いしたいのですが、ご妻女どのが亡くなられた理由は何でございましょうか」

「病死だそうだ」

「以前より、患っていらしたのでございましょうか」

「いや、突然のことだったようだ」

「突然と仰いますと、屋敷のどこかでお倒れになったのでございましょうか」

「なぜ、そのようなことをきくのだ？」

嘉平は不快そうにきき返す。

「たいしたことではありません。ただ、お若いご妻女どのがなぜ亡くなったのか、不思議だったもので」

「病なら仕方あるまい」

嘉平は憤然という。

「まことに、病とは恐ろしいものでございます」

藤十郎は素直に応じてから、

「病の話はお聞き及びだったのですか」

「いや」

「そうですか」

何か隠しているようだ。何を隠しているのか、嘉平は正直に言おうとはしないだろう。もっとも、嘉平がどこまで知っているかも疑問だ。

「与田さまは、茶道の嗜みがおありのようですが」

「うむ」

「槌本さまはその方面は？」

「やらぬ」

「最近、与田さまは黒釉金稲妻の茶碗を手に入れたそうにございますが。ご覧になったことはございますか」

「一度、見せてもらったことがある。なかなかの値打ちもので、本人は自慢していたが、わしにはわからなかった」

「与田さまは、それほどその茶碗をお気に入りなのでしょうか」

「わしはよくわからんが、三代家光公が春日局《かすがのつぼね》に下賜され、代々稲葉家に伝わる稲葉天目と呼ばれる高級な茶碗に引けをとらないという代物らしい。その茶碗で茶を点《た》てると、湯は冷めにくく、まことに味がよく、茶会で用いれば称賛されるそうだ」

「いや……」

「茶をたしなむ与田さまには垂涎《すいぜん》の的だったのでございましょうか」

「何か」

「いや、なんでもない」

「どこから手に入れられたかは聞いたことはありませぬか」

「出入りの商人だそうだが、誰かは聞いていない」

「今も、その茶碗をお持ちかどうかわかりますか」

「持っているのではないか」

「その茶碗は不吉だということを、与田さまは仰っていませんでしたか」

「いや、聞いてない」

「そうですか」

「そなたは、何を調べておるのだ？　まさか、妻女の死に何かあると思っているのではあるまいな」

嘉平は怒ったようにきく。

「先程申しましたように、お若いご妻女どのの突然の死が気になりました次第」

「なぜ、気になるのだ。若くして病死することはままあろう」

「はい」

藤十郎は迷ったが、

「どうぞここだけのことにて」

と前置きして、

「与田さまは黒釉金稲妻を手放されたようなのでございます」

「手放した？」

「はい。あの茶碗を手に入れてから身辺に悪いことが続いたそうで、ついにはご妻女どのまでお亡くなりになった。それで、茶碗を手放すことになったそうでございます」

「その茶碗が売りに出るものなら、私は手に入れようとしました。そこに、与田さまのご妻女どのの話を聞き、まさかその茶碗が不吉を招くとは思いませんが、どうしても気になり、こうして与田さまとお親しい槌本さまからお話を伺おうといたしました」

「為三郎があの茶碗を手放されたというのか」

「はい」

「信じられぬ。あれほど、欲していたものを」

「所詮、茶の湯の道具に過ぎないとお考え直したのでしょう」

「これは、わしの想像だが」

と、嘉平は断ってから、

「為三郎はあの茶碗を出世の道具にしようとしていた節がある」

「出世の道具？」

「じつはな、書院番頭さまは茶の湯をなさり、茶碗にはかなりこだわりを持っていらっしゃるそうだ。いつの日か、この茶碗が俺を栄達に導いてくれると言っていたのだ」

「それほどまでに大事な茶碗を手放したということになりますね」

「そうだ」

嘉平は厳しい顔になって、

「…………」

「まことに、妻女の死は茶碗と関わっているのか」

「与田さまが、手放したのはよほどのことがあったからではないかと」

「………」

嘉平は自分の顔を手のひらでこすってから、

「藤十郎」

と、声を落とした。

「よいか。これは他言無用ぞ」

「はい」

「じつは、妻女は自害した」

「自害ですって」

変死を疑ってはいたものの、いざ自害という言葉を聞いて、藤十郎は思わず唸った。

「理由はわからぬ。妻女が亡くなったと聞き、隣に行った。亡骸《なきがら》と対面したとき妻女は首に白い布を巻いていた。葬儀が終わったあと、為三郎にきいた。すると、短刀で喉を突いたと無念そうに話してくれた」

「そうでございましたか」

「世間には病死で通している。したがって、わしもそう答えたのだ」

「自害の理由は？」

「わからないそうだ」

「与田さまとの仲は?」

「悪くはない。いや、むしろよかったようだ」

「ご妻女どのはどのようなお方でしたか」

「美しい女子《おなご》であった。為三郎は仲間内からもうらやましがられていた」

「美しい……」

「やはり、茶碗に何かあるのか」

「わかりません。ところで、あの茶碗は百両はするだろうと言われております。失礼ではありますが、与田さまにとっての百両は大きな額ではなかったのでしょうか」

「いや、かなりな負担のはず。それほどの大金を出して手に入れたものを手放すのはやはり茶碗に……」

嘉平は不安そうに言い、

「わしも折りを見て、為三郎を問い質《ただ》してみる」

と、応じた。

「何かわかったら、そなたに知らせよう」

「おそれいります。それでしたら、浅草田原町にある質屋『万屋』までおつかいいただければ、ただちに参上いたします」

「『万屋』だな」

「はい。では、失礼いたします」

藤十郎は立ち上がった。

槌本嘉平の屋敷を辞去し、不忍池をまわって、下谷広小路から筋違橋《すじかいばし》を渡り、神田須田町にある古着屋『能代屋』にやってきた。

黒釉金稲妻の茶碗はもともと『能代屋』の主人伊右衛門が持っていたのだ。

漆喰《しっくい》の土蔵造りで、屋根の大きな看板は磨きがかかったように晩秋の陽光を受けて輝いていた。

広い間口の店に入る。土間も広く、座敷には何人もの客がいて、それぞれ番頭や手代が相手をしている。

近づいてきた手代に、

「私は田原町の万屋藤十郎と申します。ご主人の伊右衛門どのにお会いしたいのですが」

「はい。少々お待ちを」

藤十郎はもともと武士であり、気品を漂わせている。相手はその威厳に気押《けお》されるようだ。

今の手代もあやしむことなく、奥に引っ込んだ。

やがて、手代が戻ってきた。

「どうぞ、こちらに」

手代が店の端に案内し、座敷に上がるように言う。

そこの脇に小部屋があった。

藤十郎が部屋に入ると同時に伊右衛門らしき男が入ってきた。

差し向かいになってから、

「伊右衛門です」

と、男は柔和な顔を向けた。眉毛が太くて短く、目も大きいが、口許に笑みを湛《たた》えている。鬢《びん》に白いものが見えるので四十前後かもしれない。

「田原町の万屋藤十郎と申します」

藤十郎も名乗ってから、

「じつは私の知り合いの骨董店に、黒釉金稲妻の茶碗を売りにきた男がいたそうです。遊び人ふうで、とうてい茶道具に接するような人間には思えず、盗品ではないかと考え、お引き取り願ったそうです」

「…………」

「その話を私にした骨董屋はその茶碗が盗品の触れにないことを不思議に思っていまし

た。それで、池之端仲町にある茶道具屋『風林屋』さんに伺ったところ、旗本の与田為三郎さまが手放したものではないかと仰っていました」

「さようでございます」

伊右衛門があっさりと正直に言う。

「じつは、その茶碗は与田さまの懇願により、お譲りしたものでございます」

「いくらですか」

「それはお許しください。与田さまの事情もおありでしょうから」

「わかりました。しかし、与田さまはせっかく手に入れた茶碗をどうして手放そうとなさったのでしょうか」

「あの茶碗を手にしてから、いやなことばかり起きると仰っておいででした」

「与田さまに茶碗が渡ったのはいつのことですか」

「二カ月ほど前です」

「先日、奥方がお亡くなりになったそうですね」

「はい。急の病と伺いました。そのことで、あの茶碗を持っているのが怖くなったのかもしれません。私に返すと言ってこられました。しかし、私が持っていたときは、私どもには何の災厄もおきませんでしたので、与田さまの不幸は茶碗のせいではないと申し上げたのですが……」

「で、返すことになったのですね」

「はい。でも、結局、私のところには届いていません。気が変わって持っていることにしたのだと思っておりました。まさか、何者かが茶碗を骨董屋に持ち込んだとは想像さえしていませんでした」

「与田さまは、伊右衛門どのにお返しになったつもりでいたのでしょうか」

「そうだと思います」

「代金の返済は？」

「いえ。一度、取り引きを終えたものです。それに、二カ月経って、返すと仰られても困ります」

「つまり、品物だけが伊右衛門どののところに返ってくることになっていたのですね」

「そうです」

「しかし、茶碗は現実になくなっていますね」

「はい。しかし、私にしてみれば、一度売ったもの。お金をいただいています。その上、品物が戻ってきたのではちょっと気が咎めます」

「それで、紛失届けは出さない？」

「はい」

「そういうものですか」

藤十郎は少し首を傾《かし》げた。

「ただで茶碗を返してもらえるなら、こんないいことはないと思うのだが？」

「茶碗は思い入れでございます。与田さまに譲った時点で、あの茶碗に対する私の思い入れはなくなってしまいました。今の私にとっては、あの茶碗はただの茶碗に過ぎませ
ん」

「しかし、高く売れるのではないか。欲しがるものは多いはず」

「いえ、私はそのようなずるいことはしたくありません」

「なるほど」

藤十郎は頷いてから、

「ところで、伊右衛門どのは与田さまのご妻女どのにお目にかかったことはおありですか」

「はい。何度か」

「たいそう、お美しい方だそうですが」

「確かに、お美しいお方でしたが、好みによりましょう。それは茶碗と同じかもしれません。気に入れば絶品に思え、気に入らなければがらくたでしかない」

「伊右衛門どのにとってはいかがでしたか」

「さあ。いかがでしょうか」

伊右衛門は言葉を濁した。

「最近、与田さまにお会いすることは？」

「まだ奥方さまのお亡くなりになった悲しみが癒えないのでございましょう、茶会には出て参られません」

「いろいろお話をお聞かせくださりありがとうございました」

藤十郎は礼を言い、『能代屋』を辞去した。


藤十郎は再び筋違橋を渡り、御成道を下谷広小路に向かった。池之端仲町にある『風林屋』に寄り、鴈次郎に万が一を考えて口裏を合わせてもらおうと思ったのだ。

鴈次郎には正直に茶碗が『万屋』に持ち込まれたと話してあるが、『能代屋』の伊右衛門には、知り合いの骨董店に黒釉金稲妻の茶碗を売りにきた男がいたと話した。念のために、伊右衛門にきかれたら、そう答えてもらおうとしたのだ。

伊右衛門と話していて、ひっかかるものがあった。伊右衛門は与田為三郎が返すという茶碗にあまり心を動かさなかった。一度手放すと興味が失せるものなのか。茶道具に凝る者はそういう性向があるのか、確かめようと思った。

下谷広小路に差しかかったとき、雑踏の中から四十過ぎと思える男が歩いて来るのを見た。男は藤十郎に気づかず、鼻緒問屋の『花守屋』に向かった。

小間物屋『四季屋』の幸三だ。買い物だろうか。しかし、暗い表情が気になった。思い詰めたような目で、『花守屋』の土間に入って行った。

店先に立ち、藤十郎は中を覗《のぞ》いた。

幸三が店の端っこでぽつねんと立っている。買い物ではないようだ。やがて、手代が奥から出て来て、幸三に声をかけた。

幸三は座敷に上がった。手代に連れられて奥に消えた。藤十郎はどういう関係なのだろうかと気になった。

二

きょうこそは自分を捨てて、何を言われても耐えるんだ。そうじゃねえと、おゆみに災いがかかる。悲壮な思いで、幸三は先日と同じ客間で、文太郎がやって来るのを待った。

庄蔵に金をやるのは耐えられない。だが、庄蔵がおゆみの実の父親であることは間違いない。

もうこれっきりだと約束をとりつけ、金を渡して関係を断つしかない。それでも、また金をむしりにくるかもしれない。そのために、おゆみは自分の子ではないと一筆書かせる。もし、今度新たにやってきたら、その証文を楯《たて》に庄蔵を突っぱねる。そう決意した。だが、そのためには五十両という金がいる。

店さえあれば、なんとかなる。何年かかろうと、返すことが出来る。

廊下の足音がこの部屋の前で止まった。幸三は身を固くした。

障子が開いて、文太郎が入ってきた。

目の前に座ったとき、土を舐《な》めるような惨めな思いを堪えながら、幸三は額を畳につけるようにした。

「この間はすまなかった。許してくれ」

幸三は声を絞り出す。

「どうしたんだ、この前は開き直って帰っていったじゃないか。どうして、また俺に頭を下げるんだ？」

文太郎が蔑んだ。

「…………」

「なんだ、その顔は？」

幸三はぐっと怒りを押さえた。

「いや」

「また、金だろう？」

「すまねえ、この通りだ。助けてくれ」

「この前も同じことを言っていたな」

「面目ねえ」

「他で借りるからいいと啖呵《たんか》を切って引き上げたが、どうしたんだ？」

「なんとか手当てがついた」

「それなのに、また金か」

文太郎は不快そうに唇をひん曲げた。

「そうだ」

幸三はため息交じりに言う。

「今度はどんな言い訳を用意してきた」

「言い訳じゃねえ。この前は、ほんとうに騙されたんだ。だが、今度は別の問題だ」

「なんだ、聞いてやる。言ってみろ」

文太郎はこの前のことでかなり腹を立てているようだった。幸三はいっときも早くこの場から逃げ出したいのをなんとか踏ん張り、

「おゆみの父親が今になって現われやがった」

と、やりきれないように言う。

「おゆみの父親？」

「庄蔵だ。あの呑み屋でときたま見かけた男だ。おふさが亭主持ちだと言ったときも、店の隅で呑んでいた」

「おゆみはおまえの子ではないのか」

「違う。おふさは身籠ったあと庄蔵に捨てられたんだ。前途を悲観して、吾妻橋から飛び込もうとしたのを助けたんだ。長屋に連れて行き、面倒を見た。そして、女の子を産んだ。大家に言われ、ささやかな祝言を挙げた」

「庄蔵はどうしておまえとおゆみのことを知ったんだ?」

「おふさに会ったらしい。おふさから聞いたに違いない。あの男は鬼畜だ。おゆみを引き取り、岡場所に売り飛ばすつもりなんだ。おゆみを寄越《よこ》すか五十両を出すか、どっちかだと言いやがった」

「なぜ、奉行所に訴えないのだ?」

「訴えたってだめだ。庄蔵はおゆみの実の親だ。あることないことを言って町方をごまかすことなど、奴にはたいしたことではない。奴の言い分が通ってしまいかねないんだ」

「そんなばかなことが……」

「もしかしたら、おふさもつるんでいるのかもしれない。おふさと庄蔵がいっしょに現われ、おゆみを引き取ると言ってきたら……」

「考えすぎだ」

「いや。考えすぎじゃねえ」

「五十両を渡すつもりか」

「それしかねえ」

「だめだ。何度でも巻き上げられる」

「他に手立てはねえんだ。頼む。金を貸してくれ」

文太郎は腕組みをして思案げになった。

「貸してくれるのか、貸してくれねえのか」

幸三はいらだった。

「この前と同じだ。返す当てはあるのか」

「ある」

「あるだと？　どうしてそう言えるのだ？」

「店がある。商売が出来れば少しは儲けが出る」

「金がなくなったら、また庄蔵はやってくる」

「そのために金を渡すとき、おゆみは自分の子ではないと一筆書かせる。今度来たとき、それを突き付けて追い返す」

「そんなの無駄だ」

「無駄？」

「俺は書いた覚えはないって言われたらどうするんだ。あるいは、威されて書かされたんだと言うだろう。おふさが庄蔵についているならなおさらだ。おふさが出てきたら、そんなもの、糞《くそ》の役にも立たない」

「じゃあ、どうすればいいんだ？」

「知り合いの南町の旦那に頼むんだ」

「だめだ。そんなことをしたら、奴らどんな仕返しをするかわからねえ。頼む。金を貸してくれ。五十両だ」

「五十両といったら大金だ。おいそれと用意出来ない。庄蔵がやって来るのはいつだ？」

「明日の夕方だ」

「わかった。それまでに、俺がおまえのところに行く」

「ほんとうか。金を持ってきてくれるのか」

「………」

「どうなんだ？」

「金は無理だ。だが、俺がなんとかしてやる」

「なんとかする？」

幸三は半信半疑に文太郎を見て、

「なんとかするって、何をするのだ?」

「俺を信じろ」

「俺を信じろだと?」

幸三はまたも昔のことが蘇った。

「俺はおめえをずっと信じていた。それがこのざまだ。よくそんな口が叩けたものだ」

「……………」

「また、信じて裏切られるなんてまっぴらごめんだ」

幸三はいきなり立ち上がった。

「当てにしねえで待っている」

幸三は憤然と部屋を飛びだした。

文太郎のやろう、来る気などまったくないのだ。三年前に車坂町に引っ越したことを、文太郎は知らないはずだ。

明日の夕方までに行くと言いながら、場所を聞こうとしない。最初から来る気がないのはわかる。

何が俺を信じろだ。あのときだって、そうだ。

あれは二十二歳のときだ。

鳥越神社の近くにある呑み屋で、文太郎が銚子を運んできたおふさにいきなり言った。

「こいつ、おふささんが好きなんだ」。幸三はあわてたが、おふさから返ってきたのは、

「じつは、私、亭主持ちなの」という言葉だった。

幸三は落胆した。

「幸ちゃん、ごめん。まさか、おふささんに亭主がいるなんて想像もしていなかった」

「いい、気にするな。これで、かえってすっきりした。だって、俺は文ちゃんとふたりで店を持つのが夢なんだからな。それには、女は邪魔だ」

「そうだな」

文太郎の声は消え入るように小さかった。

「それより、文ちゃん。財布を届けたときの話はどうなったんだ？　いつも、きいているのに話してくれないじゃないか」

「別に話すようなこともないからな」

「大店だったんだろう。確か、下谷広小路にある鼻緒問屋だったっけ」

「そうだ」

「届けたとき、旦那は驚いていたんだろうな」

「うむ。感激してくれていた。正直者だと褒めてくれたんだ」

「それから小間物を買ってくれるようになったんだな。大店なら女中もたくさんいるだろうからな」

そのとき、ふと正体のわからない不安に襲われた。動悸が激しくなった。

その不安が言わせたのだ。

「文ちゃん。ふたりで店を持つ約束は信じていいよな」

すると、文太郎は言った。

「当たり前だ。俺を信じろ」

「もちろん、信じているさ。ただ……」

「ただ、なんだ？」

「いや、なんでもねえ」

拾った財布を届けて以来、なんとなく文太郎が変わったような気がしていた。どこがというわけではない。

強いていえば、文太郎の態度だった。ときたま、幸三を窺うような目で見たり、幸三にまるで負い目があるようにおどおどした雰囲気もあった。

だから、不安に思ってきいたのだ。俺を信じろという文太郎の言葉は、幸三に勇気を与えた。

それからは、文太郎がときどき長屋に夜遅く帰るようになっても、何の心配もしなかった。

そんなある日、文太郎が思い詰めた目で、幸三の部屋にやって来た。

「どうしたんだえ、そんな怖い顔をして」

「幸ちゃん、すまねえ。この通りだ」

いきなり、文太郎が土間で跪《ひざまず》き、頭を下げたのだ。

「文ちゃん、よせよ」

文太郎がふざけているのかと思った。

「すまねえ。許してくれ」

「文ちゃん、どうしたんだ？」

何か異変を察した。

「すまねえ、すまねえ」

「すまねえばかりじゃ、何があったのかわからねえよ。なあ、何があったんだ？」

「幸ちゃんとの約束を守れなくなったんだ」

「約束って？　俺、文ちゃんとどんな約束したっけ。俺がした約束といったら、あのことしかないけど。えっ」

幸三は目を剝いた。

「まさか、ふたりで店を持とうということか」

「そうだ」

目が眩んで、幸三は体がよろけた。なんとか踏ん張り、

「文ちゃん、何があったんだ？」

「すまねえ」

「すまねえじゃわからねえ。いったい、何があったんだ？」

幸三は大声を張り上げた。

「俺、『花守屋』に……」

「なんだ？　『花守屋』がどうしたんだ？」

「婿に入ることになった」

「婿だと？」

幸三は頭に血が上った。

「やい」

幸三は土間におりて、文太郎の胸ぐらを摑んだ。

「やい、立て。立ちやがれ」

文太郎を立ち上がらせ、

「てめえ、自分で何を言っているのかわかっているのか」

と、柱に文太郎の背中を押しつける。

「ああ、わかっている」

「嘘だろう？　俺をかついでいるんだろう」

幸三は文太郎が本気だとわかっていてきいた。

「なあ、嘘だろう。ふたりで店を持つって言っていたじゃねえか。俺たちは実の兄弟以上だって言われてきたんだぜ。それなのに、なんだよ」

幸三は涙が溢《あふ》れ、文太郎の顔が滲《にじ》んできた。

それから十日後。文太郎が長屋を出て行く日がやって来た。

長屋の連中に挨拶をしている文太郎の声が聞こえてきたが、幸三は出て行かなかった。

やがて、文太郎が幸三の住いの腰高障子を開けた。

「幸ちゃん。行くから」

耳を塞ぎ、幸三はふとんをかぶって寝ているふりをした。そのあと、しばらく文太郎は何か言っていたが、幸三の耳には入らなかった。

静かになって、ふとんから顔を出した。土間には誰もおらず、戸は閉まっていた。文太郎はもういなかった。

（文ちゃん）

あわてて追いかけようと土間に下りたが、それ以上は足が動かなかった。追いかけても、戻ってくるわけはない。

文太郎から告白されて以来、幸三は文太郎と一切口をきかなかった。俺を見捨てて、自分だけ逆玉《たま》の輿《こし》か。

それならそうと、なぜもっと早く言ってくれなかったんだ。すべての段取りが出来てから、じつは俺は、などと告げられて、それはよかったなどとどうして言えようか。言い出せなかったんだ。おめえはそう言うが、俺の気持ちになってみろ。俺は文ちゃんといっしょに店を持ち、お互いが所帯を持っても家族同士でつきあい、年取って死ぬときは、おめえの手を握って死んで行く。それが俺の描いた一生だった。

その思いは、おめえだって十分にわかっていたじゃねえか。いや、俺たちは死ぬまで親友だと言ったのは文ちゃん、おめえだ。文ちゃんはこうも言った。もし、おめえが病気になって働けなくなっても、俺が幸ちゃんを養っていくぜ。俺はその言葉を聞いてうれしかったぜ。

気がつくと、幸三は土間にしゃがんで嗚咽《おえつ》をもらしていた。

文太郎が祝言を挙げたと、小間物問屋『結城屋』の主人富右衛門から聞かされたのは、それからしばらく経ってからだ。

富右衛門は祝言に呼ばれたらしい。文太郎が気にしていたと言ったが、幸三はあいつのことを考えたら反吐《へど》が出ると返して、富右衛門を驚かせた。

半年経ったある日、幸三は商売の途中、下谷広小路を通りかかった。そして、鼻緒問屋『花守屋』の前に差しかかったとき、身なりのいい男と若く愛らしい顔の女が店から出てきた。

幸三はあわてて通行人の背中に顔を隠した。男は文太郎だった。あの女の婿になったのか。

ふたりは奉公人に見送られて出かけて行った。楽しそうなふたりを見送った幸三は急に背中の荷物を重く感じた。


文太郎と袂を分かってから、幸三は死んだような毎日を送った。酒を浴びるように呑み、店を持つためにこつこつ貯めた金も使い込んだ。心の中を吹き抜ける風はやまなかった。どうしようもない寂しさに、枕を濡《ぬ》らす日々が続いた。

いきがいを失って、腑《ふ》抜《ぬ》けたような体《てい》たらくを見兼ねて『結城屋』の富右衛門が幸三に何度も説教をした。

だが、ほんとうに幸三を立ち直らせてくれたのは、おふさであり、生まれてきたおゆみだった。

おふさとおゆみのために頑張った。そして、まがりなりにも店を持って、これからおゆみにいい縁談をと思っていた矢先、とんだ疫病神が現われやがった。

裏切られた恨みを封じ込め、文太郎に再度救いを求めたが、返事は鈍かった。明日、夕方までにやって来ると言ったが、金を持ってくる気ではないらしい。それでいったい何をする気か。

俺を信じろ。その言葉ほど、しらじらしく、当てにならないものはなかった。

幸三が下谷広小路から三橋に向かいかけたとき、

「幸三さん」

と、後ろから声をかけられた。

驚いて振り返ると、『万屋』の主人の藤十郎だった。

「通りかかったら、あなたが『花守屋』さんに入って行くのを見かけました。それで、失礼かと思いましたが、待たせていただきました」

「私に何か」

「なんだかとても厳しい顔をして入っていかれたので、ちょっと気になりました。何かあったのではないかと」

「いえ、別に」

「先日、お店にお伺いしたとき、銀次という男が来ていましてね。そのとき、庄蔵がやってくると言ってました。庄蔵が何か困ったことを言って来たのではありませんか」

「………」

「幸三さん。仰ってください。お力になりましょう」

幸三は藤十郎の顔を見た。整った顔だちに気品を漂わせ、単なる質屋の主人とは思えない雰囲気がある。

文太郎が当てにならない今、もはや頼るべき人間はいなかった。そう思ったとき、幸三は口走っていた。

「庄蔵が父親だと名乗ってきて、五十両出すか、おゆみを寄越すかどっちかだと威しました。明日の夕方までに五十両を用意しないと」

幸三は藤十郎にすがるように訴えていた。訴えながら、なぜ、俺にばかり悪いことがふりかかるのだと、やりきれなくなっていた。

三

その夜、藤十郎は浅草山之宿町《あさくさやまのしゆくまち》の大川べりにある料理屋『川藤《かわふじ》』の暖簾をくぐり、亭主の吉蔵《きちぞう》に上がってくるように告げて、そのまま二階の小部屋に行った。

すでに、おつゆが来ていた。

遅れて、亭主の吉蔵がやってきた。藤十郎より幾つか若い吉蔵は小柄で身の軽い男だ。何かのときには、手を借りている。

「ふたりに調べてもらいたいことがある」

「はい。なんなりと」

吉蔵が応じる。

「書院番士の与田為三郎どのの妻女どのが、先日自害した。世間的には病死としているが、短刀で首を突いたらしい」

藤十郎は黒釉金稲妻の茶碗のことを話し、この茶碗が『万屋』に持ち込まれた経緯を説明した。

「与田為三郎どのから『能代屋』に返されるはずの茶碗をどうして手に入れたかわからないが、持ち込んだのは下谷車坂町にある小間物屋『四季屋』の主人の幸三だ」

そこで、藤十郎は間を置き、

「与田どのは茶碗を不吉なものとして元の持主に無償で返そうとしながら、元の持主の『能代屋』はただで戻ってくるのに、まったく茶碗に執着していない。気になるのが茶碗に残っていた血の跡だ。おそらく妻女どのが自害したときに血が飛び散ったのであろうと思われる。そこで、妻女どのがなぜ自害をしたのか、そのときの様子がどうだったのかを知りたい。与田どのの周辺のものは隠している。頼るは奉公人だ。中間、下男などを探り出し、聞き込んでもらいたい」

「わかりました」

吉蔵は請け負った。

「おつゆは、女中にきくのだ」

「はい」

おつゆは頷いてから、

「今は、茶碗の持主が誰もいないということに？」

と、不思議そうにきいた。

「そういうことだ。高価な茶碗であるのに不吉だということで誰も欲しがらないようだ」

「やはり、茶碗との関わりがありそうですね。では、明日、さっそく調べてみます」

頭を下げ、吉蔵が下がった。

おつゆとふたりきりになり、藤十郎はふと張りつめていた心を和ませた。

「鴻池は江戸を去ったそうにございますね」

「すべての野心を捨てたわけではないだろうが、しばらくは江戸には出てこないはずだ。おつゆには辛《つら》い思いをさせたが、もう心配はいらない」

「はい」

おつゆは二十二歳になりながらまだ独り身だ。きりりとした顔だちで、誰もが振り向く美貌を持ちながら、好きな男と結ばれぬ定めに身をゆだねるしかなかった。大和家の譜代の番頭の家に生まれたため、大和家に仕える定めを背負っている。

藤十郎もまた『大和屋』の大和家に生まれたことをうらめしく思う。藤十郎は大和家の三男であり、家を継ぐのは長兄の藤一郎であるが、大和家の一員として好き勝手は許されなかった。

おつゆを女房にし、単なる質屋の主人として生きていけたらどんなにか仕合わせであったろうか。いつもそんな思いに駆られるが、その役目ゆえ町人として生きていかねばならぬが、武士の矜持《きょうじ》を失ってはならないのだ。

それでも、いつかはおつゆを妻にし、静かな暮しが送れることを願っている。

藤十郎は行灯《あんどん》の明かりを吹き消し、おつゆの体を引き寄せた。

翌日、『万屋』に北町奉行所定町廻《じょうまちまわ》り同心《どうしん》の近田征四郎《ちかだせいしろう》と岡っ引きの吾平がやって来て、敏八が迎えた。

「これは旦那に親分さん」

近田征四郎はひょろっと背の高い男だ。やけに顎が長いが目鼻だちは整っていて、鼻から上をみるといい男だが、口許や顎を見ると印象がまったく違う。

「ちょっと質草台帳を見せてもらいたい」

「何かございましたか」

敏八がきく。

「いいから見せろ」

征四郎が焦《じ》れたように言う。

「はい。ただいま」

敏八は帳場机の上にある台帳を差し出した。

征四郎は台帳をぺらぺらめくっている。首を傾げ、

「ないな」

と言い、吾平にも見せた。

吾平は台帳を開いたが、形だけだった。すでに、征四郎は出口に向かっていた。

「藤十郎さまはいるかえ」

吾平が小声できく。

裏にいた藤十郎が店に顔を出した。

「すぐ戻ってきますから」

そう言い、吾平は征四郎のあとを追った。

しばらくして、吾平が戻ってきた。

「旦那に、もう一度、確認することがあると言って引き返してきました」

「何があったのですか」

藤十郎は確かめる。

「茶碗の盗難の届けがないかって仰っておいででしたね。あのときは出ていなかったのですが、きのうになって届け出がありました」

「きのうになって？　誰からですか」

藤十郎は『能代屋』の伊右衛門が今になって出したのかと思った。

「深川の佐賀町《さがちよう》にある『竹林堂《ちくりんどう》』という骨董屋です。そこの店先に飾っていた黒釉金稲妻の茶碗が気がついたとき偽物とすり替えられていたということです」

「『竹林堂』？」

「へい。主人は中次郎《ちゆうじろう》という三十半ばぐらいの男です。何か、あっしに出来ることがあったら仰ってください」

「その節はお願いします」

「へい」

「それから、『四季屋』を騙した詐欺一味について何か手掛かりは？」

「面目ありません。まだ、なんです」

「そうですか。そうそう、庄蔵と銀次というならず者を知りませんか」

「庄蔵と銀次ですか。いえ。この連中が何か」

「近田さまは外でお待ちでは？」

「いえ。先に行ってもらってます」

「そうですか。じつは、このふたり、『四季屋』の父娘を威しているようなのです。ただ、始末が悪いのは、庄蔵が娘のおゆみの実の父親だということです」

藤十郎が幸三から聞いた話をかいつまんで話し、

「庄蔵と銀次がきょうの夕方、『四季屋』に来ます。私は対応するつもりですが、親分は引き上げるふたりのあとをつけ、住いを見届けてもらえませんか」

「お安い御用です」

吾平は胸を叩いて店を出て行った。

「旦那さま。台帳を二重にしておいてよかったですね」

敏八は正直に呟いた。

『万屋』には甲、乙のふたつの台帳があり、質草は甲、乙両方に書き入れるが、なにやら怪しい質草は乙のみに書き入れる。敏八が同心に見せたのは、甲の台帳だ。

「敏八。めったなことを口にするものではない」

「すみません」

「出かけてくる」

藤十郎は敏八に言い、店を出た。

駒形町《こまがたちょう》に差しかかったとき、離れに住まわせている如月源太郎《きさらぎげんたろう》と出会った。質屋ゆえ、どのような不心得者が押し入ってくるかもしれず、用心棒として雇った浪人だ。

源太郎は髭面《ひげづら》の顔を、少し赤くしている。昼間から酒を呑んでいるのだ。

「いや、藤十郎どの。こう暇だと、酒ばかり呑んでしまう。大坂でのことのように、何か面白いことはないか」

源太郎は酒臭い息を吐いて言う。

「平和な証《あかし》でございます」

「そうだが、タダ飯を食っているのはどうも気が引けてな」

「いざとなったら、如月さまに助けていただきますから」

「そうか」

源太郎は無精髭を生やし、むさい感じだ。だが、髭を剃《そ》れば、凛々《りり》しい顔つきになる。

源太郎と別れ、藤十郎は深川佐賀町に急いだ。


半刻（一時間）後に、両国橋を渡り、大川沿いを南下し、佐賀町にある『竹林堂』という骨董屋に来ていた。

店先には甲冑《かっちゅう》や桐の簞笥《たんす》などが置いてあり、正面の壁際にある棚には茶碗が飾られていた。

「すると、黒釉金稲妻の茶碗はそこの棚にあったのですね」

藤十郎は主人の中次郎にきいた。色白の三十半ばのにやけた感じの男だ。芝居の女形のような雰囲気がある。

「黒釉金稲妻の茶碗はどなたからお買い求めに？」

「去年、あるお武家の妻女が持ち込んだ。至急、金にしたいと言うので、三十両で買い求めました」

「三十両ですか。で、いくらでお売りになるつもりだったのですか」

「百両です」

「三十両で仕入れたものを百両ですか」

「もちろん、話し合いで五十両までは下げるつもりでした」

中次郎はにやりとした。

「なくなっていることにずっと気づかなかったのですか」

「はい。お恥ずかしい限りです」

「夜も片付けずにあの場所に？」

「はい」

「不用心ではないのですか」

「すぐ隣の部屋で寝ていますから、何かあったら気づきます」

「では、盗まれたのは夜ではないのですか」

「そうです。昼間、客のふりをして品物を探しながら隙を窺って用意したがらくたとすり替えたのでしょう」

藤十郎は店の中の品物を見たが、一見値打ちもののように思えるが、どうやら偽物ばかりだ。このような店に、あの茶碗があったとは思えない。

「失礼ですが、盗まれた茶碗は本物でしたか」

「本物です。梅津恭作の作品に間違いはありません」

「妙ですね」

藤十郎はわざとらしく首をひねる。

「何がですかえ」

「あの黒釉金稲妻の模様は偶然に出来たもので、二度と同じような模様は出来なかったそうです」

「そう聞いています。それが何か?」

「じつは、私は黒釉金稲妻の茶碗を持っていたお方を知っています」

「そんなはずはありません。大方、それは偽物でしょう」

「いえ、茶碗の目利きが調べて本物だと認めたそうです」

「それは、ほんとうに妙ですねえ。ひとつしかない茶碗がふたつあるなんて」

中次郎はまた含み笑いをし、

「そのお方は、今もお持ちなのですかえ」

と、顎をなでながらきく。

「いえ、紛失したそうです」

「じゃあ、届けは？」

「出ていません」

「あやしいですね」

「あやしい？」

「ええ、黒釉金稲妻の茶碗を紛失して平気でいられるのは、やっぱり偽物だからじゃないんですかえ」

「じつは別の理由です」

「ひょっとして、盗品だからですかねえ」

「いえ、不吉な茶碗だそうです」

「不吉？」

「ええ、茶碗を持っている間に、いろいろな災いが起こり、ついには妻女どのがお亡くなりになったそうです」

「………」

「それで紛失しても探そうとしなかったのです。ここに置いてある間、こちらに何か変わったことは？」

「そんなことはないです」

「そうですか。本物の黒釉金稲妻がほんとうに災いを呼ぶものなのかわかりませんが、そのお方は元の持主に返そうとし、元の持主も受け取りを拒んでいるんです。だから、紛失届けは出ていないのです」

「……………」

「竹林堂さん。もし、行方不明になっている茶碗がどこかで見つかったら、確かにあなたのものだという証を示さなくては手元に戻りませんよ。それより、別に持主が現われたら、あなたにとってまずいことになる」

中次郎は何か言いたそうに口を開いたが、声にはならなかった。

「何か証はありますか。その茶碗がここにあったと明らかにしてくれるひとは？」

「奉公人がいる」

「奉公人では弱いでしょうね。客がその茶碗を欲しがったとか」

「いや」

「では、去年、この茶碗を売りにきたお武家の妻女に……」

「名前を聞いちゃいねえ」

中次郎は口許を歪めて言う。

「身許もはっきりしないひとから買い求めたのですか。盗品かもしれないとは考えなかったのですか」

「れっきとした武家の女だった」

「いずれにしろ、茶碗がここにあったものだということを明らかにするものはないということですね」

「あんた、何なんだ？」

「最初にご挨拶したように、質屋です。じつは私の知り合いの骨董屋に、茶碗が持ち込まれたんです。その主人は持主を見て不審を抱き、買い求めなかったそうです。だが、気になって、茶道具屋の主人に調べてもらい、黒釉金稲妻の茶碗の持主がわかったのです」

藤十郎はここでも嘘をついた。

「その男はあちこちに持ち込んでいるようです。しかし、買い取ったという店は出ていません。おそらく、まだ持っているか、あるいは……」

「あるいは？」

中次郎は不安そうにきいた。

「不吉な茶碗を持っているのです。その男の身に何か起きたか……」

「まさか……」

「じつは、知り合いの骨董屋の亭主が言うには、その茶碗の底に血が付いていたと」

「血が？」

「そうです。もし、その茶碗が見つかったと奉行所から知らせがあったら、まず血の跡を確かめてください。もし、血がついていたら、ここにあったものではありません」

「……ちくしょう」

いきなり、中次郎が吐き捨てた。

「俺はそそのかされたんだ」

「そそのかされた？」

「そうだ。安蔵《やすぞう》っていう男だ」

「安蔵さんはどうしてその茶碗のことをご存じだったのですか」

「安蔵は山椒魚《さんしょううお》の黒焼の妙薬を売り歩く行商人だ。さっき、あんたが言った妻女が亡くなったというのは与田為三郎って旗本のところだろう。安蔵はその屋敷に出入りをしていたんだ」

「なるほど」

「あんたが言ったように、妻女が亡くなったあと、与田為三郎から茶碗を『能代屋』の主人に渡すように託されたそうだ。ところが、不忍池の弁天さまのお参りをした帰り、預かったものが何か気になって池の縁に行って中を見てみた。黒光りした茶碗だった。値打ちものだとは、茶碗に疎い安蔵にもわかったそうだ。それから煙草を一服して引き上げた。茶碗のことはすっかり忘れ、鳥居を出てだいぶ先に行ってはっと気づき、あわてて引き返したらもう品物はなくなっていたってことだ」

おそらく、幸三がそのとき、茶碗を拾ったのだ。

「安蔵が青くなって与田為三郎のところに詫《わ》びに行ったら、おまえに預けた時点で、もう俺の手から離れている、能代屋に言え、と。それで、安蔵は能代屋に会いに行き、ことの委細を告げたところ、能代屋もまだ受け取っていないのだから俺のものではないと突っぱねた。あんたもさっき言っていたが、安蔵は間に入って困惑したそうだ。だが、最初は自分の失態をとがめられなかったことで安心したが、調べたら百両はする値打ちものだと知って、その茶碗が惜しくなった。それで、俺のところに話を持ち込んだのだ。元の持主ふたりは放棄している。だから、あんたが持主だと名乗り出て、もし茶碗が出てきたら、手に入れる。そして、売れたら山分けだと言いやがった」

「それでよくわかった」

藤十郎は思わず頷いた。

「だが、そんな血がついていたなんて言わなかった。そんな不吉な代物だから、与田為三郎も能代屋も受け取ろうとしなかったんだ。安蔵の野郎。そんなことは何ひとつ言わなかった」

中次郎は憤慨した。

「早く、茶碗がなくなったという訴えを、勘違いだったでもいい、何か理由をこしらえて撤回したほうがよろしいでしょう。あとで、よけいな問題に巻き込まれないように」

「そうする」

中次郎から最初の威勢はすっかりなくなっていた。

藤十郎は『竹林堂』を辞去し、下谷車坂町の『四季屋』に急いだ。

四

徐々に陽が傾いてきた。

「あのひとたち、乱暴を働かないかしら」

おゆみが不安そうに表情を曇らせた。

「なあに、そこまでするものか。それに、この前顔を出した藤十郎さんが来てくれることになっている」

幸三は心配させまいと言う。

藤十郎は町人ながら武士のような威厳がある。背筋が伸び、腰の据わりもいいところからも武道の嗜みがあるに違いない。

藤十郎はきっと来てくれる。だが、あの男は来ないだろう。

「私にも……」

おゆみが急に怒りとも悲しみともつかない表情で、

「あんな冷酷な気質があるのかしら」

と、声を詰まらせた。

「生まれつきの悪人なんていねえよ。庄蔵だって銀次だって、赤ん坊のときは無垢《むく》なかわいい子だったはずだ。だから周りがいけねえんだ。周りが、あんな人間にしてしまったんだ」

「ありがとう、おとっつあん」

「なに、水臭いことを言うんだ」

「おとっつあんには感謝しているわ。まったく血のつながりのない私を実の子のように育ててくれて」

「おめえは俺の子だ。誰がなんて言おうと俺の娘だ」

「でも、赤の他人なんでしょう。おっかさんがいなくなっても、他人の子を慈しんでくれて」

「やい、おゆみ。終《しま》いには怒るぜ。何度言ったらわかるんだ。おめえは俺の子だ。俺はおめえがいたからきょうまでやってこられたんだ」

文太郎がいなくなってぽっかり空いた心の穴は大きかった。毎日、息のつまるような寂しさと虚《むな》しさで、食べ物も喉を通らず、このまま死んでしまってもいいと思うほど、自暴自棄になっていた。

もし、おふさを助けなければ、おゆみと出会うこともなかったのだ。吾妻橋で助けたのはおふさではなく、自分自身だったのかもしれない。

「おっかさんを恨んでいるんでしょうね。私だって許せないもの」

おゆみが遠慮がちに言う。

「不思議なの。私を捨てたおっかさんをずっと恨んでいたわ。今でも許せない。だけど、おとっつあんとこうして仕合わせな暮しをしていて、ふと、今頃、おっかさんはどうしているんだろうと思うことがあるの。ごめんなさい」

最近、おゆみはおふさのことをよく口にするようになった。おゆみは母親が恋しいんだろう。自分を捨てた女でも母親なのだ。

「確かに、恨んだ。でもな、おふさは、おめえというかけがえのない娘を俺にくれたんだ。このことには感謝している。いや、どんな裏切りにあったとしても、そのことだけで、おふさを許せる」

「おとっつあん。ありがとう」

おゆみが涙声になった。

「おっかさんに会いたいか」

「…………」

「俺に遠慮することはねえ。母親を恋しく思うのは当然だ」

「ごめんなさい。おとっつあんにひどい裏切りをしたひとなのに……」

「さっき言っただろう。おふさはおめえを授けてくれた女なんだ。俺は感謝をしているんだ」

幸三はふいに真顔になって、

「おゆみ。おっかさんを探そう」

「おとっつあん」

「庄蔵はおふさに会ったようだ。庄蔵にきけば、おふさの居場所はわかる」

そうだ、おふさを探そう。いっしょに逃げた男といまだにいっしょに暮らしているのだろう。

自分の腹を痛めた子だ。おふさだって、会いたいはずだ。

「お邪魔します」

幸三ははっとした。

「おとっつあん」

「心配ない」

幸三は店に出て行く。

とば口に、藤十郎が立っていた。

「来てくださったんですね。すまねえ」

幸三は頭を下げた。

「まだ、ですね」

「ええ。さあ、どうぞ」

「では、失礼して」

藤十郎は上がり框に腰をおろした。

「わざわざ、ありがとうございます」

おゆみが礼を言う。

「怖い思いをしたでしょうが、安心してください。二度と、ここに来ないように話をつけます」

「でも、懲りずに何度も来るような気がしますけど」

おゆみは怯《おび》えたように言う。

「ひとの弱みにつけこんで威しにかかる人間は、自分もまたある弱みを抱えているものです。その弱みを探ればおとなしくさせることが出来ます。あるひとに頼んで、それを調べてもらいます」

「藤十郎さん。おまえさんと出会えてよかった。助かりました」

「まだ、これからですよ」

「いえ。もう、百人力です。もう庄蔵たちも怖くありません」

おゆみの前だから強気でいたが、ほんとうはさっきまで恐怖におののいていた。だが、今は違う。藤十郎のそばにいるだけで自分が強くなったように思える。

外は暗くなってきた。暮六つ（午後六時）の鐘が鳴りだしたが、庄蔵はまだ現われない。幸三は不思議に思った。

この前は暗くならないうちにやってきたのだ。

「どうしたんでしょうか」

幸三は拍子抜けした。

「まさか、日にちを間違えたとか」

「いえ、そんなはずはない」

「ええ、間違えたりしないと思います」

おゆみも言う。

藤十郎は立ち上がった。

「ちょっと、外を見てきます」

藤十郎は土間を出て行った。

「どうしたのかしら」

おゆみも不審そうに言う。

「藤十郎さまがいらっしゃるので怖じけづいたのかしら」

「いや。そんなことで五十両を諦める男ではない」

幸三は庄蔵のことを筋金入りの悪だと思っている。

「俺もちょっとまわりを見てくる」

幸三は土間に下りた。

通りはさっきより人通りも少なくなっている。上野山下のほうに目をやるが、文太郎らしき男の姿は見えない。

来るはずはないと思っていても、どこかで期待していた。俺を信じろと言ったことに反発したが、ほんとうは信じたい気持ちもあったのだ。

藤十郎が戻ってきた。

「いませんね」

首を傾げて言う。

「戻りましょう」

幸三は先に土間に入った。

「どうだったの？」

おゆみがきく。

「いない」

「そう」

「おそらく、今夜はこないでしょう」

藤十郎が言う。

「なんだか無気味だ」

幸三は顎に手をやって考え込む。

「あんなに凄んでいたのに、どうしたって言うんだ。明日か」

「いえ、明日もこないような気がします」

「どうして、そう思うんですかえ」

幸三はきいた。

「じつは吾平親分を待機させていたのです」

「えっ、吾平親分を？」

「こっちの話し合いが済んで引き上げる庄蔵のあとをつけて、住いを見届けてもらおうと思いましてね。ところが、その親分の姿も見えないんです」

「どういうことですか」

「わかりませんが、もしかしたら、庄蔵はここまで来たのかもしれません。しかし、何らかの事情で引き返した。親分の姿が見えないのは庄蔵のあとをつけたからでは……。

このことは、明日になればわかりますが」

「そうですか。庄蔵たちはここまで来たかもしれないんですね。やはり、藤十郎さんがいたからでしょうか」

「いや。そんなことはないと思います。庄蔵を引き返させる何かがあったんだと思います」

「これでもうこないでくれたら助かるけど」

おゆみが安心したように言う。

「しかし、困ったな」

幸三はこめかみに手をやった。

「おとっつあん、何が？」

「おふさのことだ。庄蔵からおふさのことをききだそうとしてたんだ」

「いいじゃない。もしかしたら、おっかさんから会いに来るかもしれないし」

「そうだが……」

おふさからはやって来ない。そんな気がする。もし来るならもっと早く来ているはずだ。おふさは今はいい暮しをしていない。だから、来られないのだ。

「藤十郎さん」

幸三は思いついて頼んだ。

「親分さんが庄蔵のあとをつけたかもしれないんですね。庄蔵の住いがわかったら教えていただけますか」

「どうするんですか。まさか、庄蔵に会いに行くつもりでは？」

「おふさの居場所を知りたいのです。お願いします」

幸三はおふさが惨めな暮しをしているように思えて胸が痛んだ。俺とおゆみを捨てて出て行った女なのにどうして気にかけるんだと、もうひとりの自分が囁《ささや》いた。


あれは十年前の師走に入ったときだった。

それ以前から何かおかしいと感じてはいた。しかし、まさか二十八歳のおふさが六つも年下の奉公人とそのような仲になっているとは思いもしなかった。

ただ、おかしいと思ったのは先月の酉《とり》の市《いち》だった。一の酉に行く予定だったが、急に腹が痛いと言い出して家に残った。

御酉様にはおゆみとふたりで行った。帰ったとき、おふさは晴々とした顔をしていて、腹が痛かった人間には思えなかった。

おふさは観音さまを信仰し、毎月のように浅草寺に行っていた。おゆみが生まれてからは、三人で観音さまに行った。観音さまにお参りして縁日をひやかすのが、楽しみだった。私が幸三さんに出会えたのも観音さまのお導きだものと、口癖のように言っていた。吾妻橋から身を投げようとする前にも、観音さまにお参りをしたらしい。

やがて、商売が忙しくなって、幸三が行けなくなると、おふさはひとりで行くようになった。そのうち、奉公人をいっしょに連れて行くようになった。おふさは色っぽいので、町で男によく声をかけられるらしい。連れがいれば、声をかけられないからと言って、奉公人を連れ出した。

ときには帰りが夜になることもあった。あとから振り返れば、ふたりはどこかの出合茶屋で逢瀬《おうせ》を楽しんでいたのだ。

十二月十五日、朝から小雪が舞っていた。おふさは深川の富ケ岡八幡宮《とみがおかはちまんぐう》の歳の市に出かけた。しめ飾りや餅台などを買ってくるので男手がいるといい、奉公人も連れて行った。

こんな日に、わざわざ深川まで行かなくとも、二日後から浅草寺境内でも歳の市が開かれる。そう言ったが、思いついた日に行かないと、おふさは浮き立ったような様子で言った。

その日は夕方になっても帰ってこなかった。夕餉の支度もあるのに何をしているんだと思ったが、暗くなっても戻る気配はなかった。

夕餉はなんとか残り物で間にあわせたが、おゆみの様子がおかしかった。しくしく泣いている。

「おゆみ、どうしたんだ？」

「おっかさんは？」

「もうじき帰ってくるよ。どうしたんだ、寂しいのか」

幸三はなぐさめたが、おゆみは本能的に母親がもう帰ってこないことを知っていたようだ。

ふたりはその夜、とうとう帰ってこなかった。何か事故に巻き込まれたのではないか。そんな不安からまんじりともしない夜を明かした。

朝になっても、おふさは帰ってこなかった。

朝餉のあと、おふさを探しに出かけようとしたとき、隣家の主人がやってきて、

「おふささん、どこかへ出かけたのかえ」

と、言う。

「いえ、なんでですかえ」

動悸が激しくなった。

「うちの倅《せがれ》が、きのうの昼前、本郷通りを歩いているおふささんを見かけたと言っていた。若い男といっしょだったそうだ」

後頭部に激しい一撃を食らったように一瞬意識を失いかけた。

すぐに、おふさの荷物を見た。柳行李の中はほとんど空だった。鏡台に簪や櫛はなか

った。

だいぶ前から荷物をどこかに送り出していたのだとわかった。奉公人の部屋を調べたが荷物は消えていた。

足がすくみ、立っていられなくなった。おゆみがそばにやってきた。

「おっかさんは?」

怯えたような声が痛々しかった。

「遠いところに行ったみたいだ。帰ってくるまでおとっつあんと待っていよう。心配いらない、おとっつあんがいるから」

おゆみは頷いたが、目尻は濡れている。

はっと気がついて、金箱を調べた。蓋を開けて愕然《がくぜん》とした。金をいっさいがっさい持って行ってしまった。

幸三は惨めさと怒りで胸をかきむしったが、おゆみに気づいて我に返った。俺のこれからの人生はおゆみのために使うのだと、幸三は何度も自分に言い聞かせた。

おゆみがいなかったら、幸三はもがき苦しんで息絶えていたかもしれない。文太郎の裏切りからようやく立ち直ったときに受けた残酷な仕打ちだった。

おふさはおゆみを残してくれた。それだけで十分なのだ。あれから十年、おゆみとともに肩を寄せ合って生きてきた。三年前にはこの地に引っ越して、店を少しだけ大きく出来た。おゆみがいてくれたからだ。

そのおゆみが母親に会いたがっている。あの小雪が舞う日に出ていった母を慕って泣いていたおゆみの姿はいまだに目に焼きついている。

「どうしても、おゆみを母親に会わせてやりたいのです。どうか、庄蔵の居場所を」

「幸三さんが庄蔵に会うのですか」

藤十郎は厳しい顔できいた。

「そうです」

「きょう、なぜ現われなかったのか。そのわけがわからないまま、庄蔵に会うのは良くないような気がします」

「でも、おふさの居場所を知りたいのです」

「わかりました。私が行ってきましょう」

一拍の間があって、藤十郎が答えた。

「えっ、あなたが」

幸三は目を瞠《みは》って、

「でも、なぜですか。なぜ、あなたはわたしたちにそんな親切を……」

と、不思議に思った。

藤十郎はおゆみを探した。おゆみは奥に引っ込んでいた。藤十郎は安心したように口を開いた。

「『万屋』は人々の暮しを守るお手伝いをさせていただいていますが、それだけでなく、質入れにきたひとが平穏に暮らせるよう守ることも、私の質屋の役目のひとつなのです。特にわけありの品をもってこられたお客さまには」

「………」

藤十郎は声をひそめ、

「ついでですから、ひとつだけ確かめさせてください。あの品は不忍池の弁天堂境内の池のそばで拾ったのではありませんか」

幸三はあっと声を上げた。

「どうして、それを?」

幸三は身を固くする。

「やはり、そうでしたか」

「どうしても金が欲しくて、つい。二十両なければ、この店もおしまいにしなければならなかった……」

幸三は絞り出すように言う。

「あの品物は何か曰くがあるようです。そのせいか、盗難の届けも紛失の届けも出ていません。これからも出ることはないでしょう。ただ、あの茶碗はある事件の解明のために必要になります。このまま、あなたはあれを質流れにしたほうがいいでしょう」

「質流れ？」

幸三はそこまで考えていなかったが、質入れ期限が近づいても受けだす金は用意出来そうもなかった。

「ただし、質流れ品として、あの茶碗を売りに出すことは出来ません。元の持主の目に止まったら、どういう事態になるか」

「………」

「あの品物の処分は私に任せていただけますか」

「もちろんです」

「わかりました。あなたは、あの品のことは忘れてください」

「見逃していただけるのですか」

「そういうことになります」

「ほんとうですか」

「ええ、念のために質札を預からせていただきましょう」

「はい」

幸三は財布から質札を取り出し、藤十郎に渡して、

「でも、お金はまだ返せません」

と、小さくなっていう。

「詐欺に遭われたのでしょう。不忍池の弁天さまがお助けくださったのですよ」

「でも、あの二十両はあなたから出ているんでしょう。あなたが大損をするのではありませんか」

「これも、弁天さまの思し召《おぼしめ》しです」

「いえ。必ず、お返しします。二十両、丸儲けしちゃ、罰が当たります」

幸三は気が引けた。

「あなたの気の済むようにしてください。無期限、無利子ということで」

「それでほんとうにいいのでしょうか」

「真面目《まじめ》に生きてきたひとが理不尽な目に遭った。その埋め合わせを、弁天さまがしてくれたのでしょう」

おゆみが戻ってきて、

「おとっつあん、こんなところで立ち話しないで、お部屋に上がっていただいたら」

「そうだったな」

「いえ、私はこれで引き上げます。明日の夕方、念のためにきてみます」

「何から何まで」

幸三は去って行く藤十郎の背中に深々と頭を下げていた。

なんていうお方なんだ、と幸三は胸を熱くした。弁天さまのご加護でも思し召しでもない。藤十郎が俺たちを助けてくれたのだと思った。

五

翌日、『万屋』に吾平がやって来た。

すぐ客間に通し、差し向かいになった。

「ゆうべは何があったのですか」

藤十郎はさっそく切り出した。

「へえ、それが妙なんです」

「妙？」

「確かに、庄蔵と銀次らしき男が『四季屋』に向かいました。そしたら、行く手を塞ぐように、ふたりの前に男が立ちはだかったんです」

「どんな男ですか」

「大店の主人ふうの男です」

「大店の？」

誰だろうかと思った。

「その男がふたりを別の場所に連れていきました。菊屋橋の袂にあるそば屋に入り、そこで四半刻ばかり過ごして、三人が出て来ました。そこから、庄蔵と銀次は新堀川沿いを蔵前に向かったので、あとをつけました」

吾平は続けた。

「ふたりは両国橋を渡り、さらに、二ノ橋を渡り、深川に足を向け、行き着いたのは万年町です。油堀川《あぶらぼりがわ》にかかる富岡橋にほど近い場所です。悪太郎長屋に住んでいました」

「悪太郎長屋？」

「たちの悪い連中が多く住んでいるので、そう呼ばれています。大家ってのが、もともと博打打ちで、行き場のない連中を住まわせているんです」

「そうですか」

「どうするんですね」

「なぜ、ふたりが『四季屋』にこなかったのか、そのことを確かめたいのと、もうひとつ、庄蔵からきき出したいことがあるのです」

「そうですか。それから、念のために、大店の主人ふうの男は喜蔵《よしぞう》にあとをつけさせました」

喜蔵は吾平の手下だ。

「よく気がまわりましたね。助かります」

「男は下谷広小路にある鼻緒問屋『花守屋』の主人で菊右衛門《きくえもん》でした」

「『花守屋』……」

幸三が入って行った店だ。

出て来た幸三に声をかけると、『花守屋』の主人に金を借りに行ったが、貸してもらえなかったと話していた。

「親分。助かりました。礼を言います」

「いえ。じゃあ、あっしは」

吾平は立ち上がった。

吾平を見送ってから、藤十郎はきのう庄蔵と銀次が現われなかったわけに想像がつき、『花守屋』の菊右衛門から話を聞こうと思った。菊右衛門は、昔は文太郎と言ったようだ。先代が亡くなって、代を継いだときに菊右衛門を名乗った。

四半刻あまり後、藤十郎は下谷広小路の『花守屋』にやってきた。

番頭に主人との面会を申し入れるとき、下谷車坂町の幸三さんのことでと付け加えたからか、菊右衛門はあっさり会ってくれた。

藤十郎は客間に通され、菊右衛門と差し向かいになった。

四十過ぎ。幸三と同い年か。濃くて太い眉が印象的だ。やや頰がたるみ、目尻も下がっているが、渋い顔だちだ。

「失礼ですが、花守屋さんはきのう下谷車坂町に行かれましたね」

「………」

菊右衛門の眉がぴくりと動いた。

「『四季屋』の前で、庄蔵と銀次を待ち伏せていた。いかがですか」

「どうして? まさか、幸三が気づいて?」

「いえ、幸三さんは気づいていません。庄蔵を見張っていた町方の目にあなたが入ったというわけです」

「そうでしたか」

ふうと、菊右衛門はため息をついた。

「きのう、あなたは庄蔵と銀次を菊屋橋の袂にあるそば屋に連れて行ったそうですが、何をお話しになったのですか」

「いえ。格別な話はしていません」

「しかし、『四季屋』に金を強請《ゆす》りに来た庄蔵が素直に引き上げて行ったのはなぜなのでしょうか」

「それは……」

　菊右衛門は当惑して、

「庄蔵さんはかねてから知っているひとでした。久し振りに会ったので、そば屋でちょっと話をしただけです」

「庄蔵と銀次が『四季屋』にやってくることを、幸三さんから聞いていたのですね」

「あなたは、幸三とはどういう間柄なのですか」

　菊右衛門がきき返した。

「以前、幸三さんは私の質屋にやってきたことがあったのです。その縁で知り合ったのです」

「そうですか。あの男は質屋に……」

　菊右衛門は呟く。

「庄蔵と銀次が理不尽なことで金をとりにくると聞いて、きのうは『四季屋』で幸三さんといっしょに庄蔵を待っていたのです。でも、こなかった。不思議に思っていましたが、庄蔵は近くまで来て引き返したとわかり、あなたが庄蔵に何を話したのかが気になったのです」

　藤十郎は身を乗り出し、

「どうか、教えていただけませんか。きのうはやって来ませんでしたが、また現われるのではないかと、幸三さんは不安がっています。ひょっとして、あなたが庄蔵に金を渡したのではありませんか」

「藤十郎さん」

菊右衛門は口許に笑みを湛えながら、

「あなたは私と幸三の関係をどう考えていらっしゃるのですか」

と、逆に聞いた。

「幼馴染みだとお聞きしました」

「確かに、そうでした。昔は仲がよかった。でも、それは私が『花守屋』の婿になることになって終わったんです」

菊右衛門は厳しい顔つきで、

「あのときの幸三は嫉妬の塊でした。自分だけ、取り残されたように思っていたのでしょう。それからは、私の顔を見るたびに罵倒です。まあ、幸三の気持ちもわからないではありません。私たちは行商をして毎日歩き回っていたのですから。そんな暮しから抜け出た相手が面白かろうはずはありません。もし、逆の立場だったら、私も幸三を裏切り者と言い、罵声を浴びせていたのかもしれません」

「…………」

「あれから二十年。その間、何度か顔を会わせる機会はありましたが、幸三は恨みのこもった目で見るだけでした。おとなげないと思いませんか」

　菊右衛門は蔑むような冷たい目で、

「つい先日、はじめて私に会いにここにやってきました。私は、これまでの態度を改め、許しを請いに来たのかとばかり思っていました。そしたら、いきなり金を貸してくれと、切り出したのです。十数年ぶりにまともに顔を会わせたのです。他にもっと言うべきことがあるだろうと思いました。詐欺に引っかかって二十両ないと店が潰れるという話をしているときも、私の目をまともに見ようとしない。貸してくれと言うが、返す当てがあるのかときいたら、あやふやな返事。貸してもいいが、貸すならおまえの店に少し口出しをさせてもらうと言ったら、とうとう怒りだしました。もう、金はいらねえ、と」

　藤十郎は一方の話だけではわからないが、それにしても菊右衛門の激しい言いように戸惑いを覚える。

「それから、三日前にまた現われて、今度は五十両貸してくれと言ってきた。五十両なんて、いくら私でもすぐに用意出来るものではない。それなのに、貸してくれないのかとまた詰《なじ》りはじめた。金は貸せないが、私がその庄蔵という男と話し合いをすると言ったのです。しかし、金を貸してくれないなら、もういいと怒りだし、引き上げて行きました」

　菊右衛門は大きくため息をつき、

「あの男の腹の中にあるのは妬みと怒りだけ。この二十年間、ずっと変わっていないんです。そんな男のために、お金など出せるものですか。ただ、私も無下にも出来ないと思い、

「では、庄蔵と会って話をつけてやろうとしたんです」

「では、庄蔵にお金を渡したわけではないのですね」

「そうです。じつは、庄蔵と聞いてぴんときたことがあったのです。以前、うちの店に強請《ゆす》りにきた男が庄蔵という名でした。会ってみたら、同じ男でした。私は庄蔵の弱みを握っています。そのことを持ちだして、二度と『四季屋』に来るなと釘《くぎ》を刺したのです」

菊右衛門は今度は自嘲気味に、

「ほんとうは、幸三にそこまでしてやる義理もなかったのですが、下げたくない相手に二度も頭を下げにきた気持ちをくんだというわけです。あなたから、幸三に伝えてください。もう、庄蔵は二度と姿を現わさないと」

そこに番頭がやってきた。

「すみません。仕事がありますので」

「いえ。お忙しいところをお邪魔しました」

藤十郎は礼を言って立ち上がった。

客間を出ると、廊下に若い男が立っていた。二十歳になるかならないかぐらいの爽や

かな若者だった。

「倅の菊太郎《きくたろう》です」

菊右衛門が引き合わせた。

「菊太郎です」

丁寧に挨拶をする。藤十郎も名乗ってから、菊右衛門とともに玄関に向かった。

「立派な息子さんですね」

藤十郎は言ったあと、なんとなく菊太郎が何か訴えたいことがあるような気がし、途中で振り返った。菊太郎は廊下の真ん中に立って藤十郎のほうをまっすぐ見ていた。


下谷車坂町は帰り道になる。藤十郎は『四季屋』に寄った。

客が何人か来ていて、店番をしていたおゆみが相手をしている。藤十郎は外で待った。

また、新たに客が入って行く。

「藤十郎さま」

客がみな引き上げたあと、おゆみが店先に出てきた。

「忙しそうだな」

「おかげさまで」

「どうぞ」

藤十郎は店に入った。

「おとっつあん、今『結城屋』さんに行っているんです。もうじき、帰ると思います」

「庄蔵と銀次が現われなかったわけがわかった」

藤十郎は菊右衛門から聞いたことを話した。

「では、もう二度と、現われないのですね」

「菊右衛門どのは、庄蔵の弱みを握っているそうだからね」

「安心しました」

そのとき、ひとの気配がして振り返った。客かと思ったが、誰もいなかった。ふと、あることを思いだして、

「これから、庄蔵に会いに行き、おふささんの居場所を聞いてくる」

と、藤十郎は切り出した。

「すみません。お願いいたします」

おゆみは頭を下げてから、

「最近、おっかさんの夢を立て続けに見たんです。野原の一軒家で病で臥《ふ》せっている女のひとが懸命に私を呼んでいるんです。顔はよく覚えていないのに、夢に出てきた女のひとがおっかさんだとすぐわかりました」

と、目を潤ませた。

「おっかさんは寝込んでいるんじゃないかって。だから、心配で」

「わかった。きっと探し出すよ」

「すみません」

「もし、見つかったらどうするつもりだね」

「…………」

「元気でいるのならいいが、もし正夢だったら、引き取って看病するのか」

「わかりません」

「意地悪な質問をするつもりはないが、探し出した母親がもし不幸に陥っていたら、見捨ててはおけまい。いや、悪いことばかり言ったが、そうとは決まっているわけではない。忘れてくれ」

幸三の気持ちの問題だ。幸三はおゆみが母親に会いたい気持ちを尊重しているようだ。だから、おゆみが母親に会うことに反対しないだろう。だが、引き取らねばならないような状況だったらどう思うか。

「いずれにしろ、おふささんがどんな様子であれ、幸三さんとそなたに知らせよう」

「はい」

「では、頼んだ」

藤十郎が店を出たとき、隣の仏壇屋の前に幸三が立っていた。

藤十郎は幸三に近づいた。

「幸三さん」

「あっ、いらっしゃってましたか」

「今、おゆみさんに話してきましたが、きのうここに『花守屋』の文太郎さんが来ていたそうです」

「文太郎が？」

この話のときはまだ、幸三は盗み聞きしていなかったようだ。

「文太郎さんは、庄蔵を知っていたそうです。だから、やって来たそうです。それで、庄蔵の弱みをもちだして……」

菊右衛門の話を伝え、

「庄蔵はもう二度と現われないはずだと言ってました」

「文太郎はここに来たんですね」

「来ました」

「そうですか。来たのですか」

「でも、お金は渡していないと言いました」

「わかりました」

「これから、庄蔵に会いに行ってきます。おふささんの居場所をきいてきます」

「はい」

さっき、この話をしだしたとき、表にひとの気配がした。幸三だとすぐ気づいた。だから、わざとおふさのことを口にしたのだ。

庄蔵のような遊び人が出会ったのだ。どんな場所で再会したのかわからないが、おふさは堅気の暮しをしていない公算が高いと思った。少なくとも、仕合わせな暮しをしているという感じがしなかった。

それで、幸三に聞かすように、わざとおゆみにあのような言い方をしたのだ。

おゆみを母親に会わせる。幸三はそう考えたのだろうが、場合によってはおゆみはおふさに会うだけではすまなくなることも考えられる。

不幸に陥ったおふさを幸三は引き取って面倒を見ることが出来るか。その覚悟を固めさせるために、藤十郎はやっかいなことを言い出したのだ。

「じゃあ、どうなったかは明日、お知らせにあがります」

藤十郎は会釈して離れかけた。

「待ってください」

幸三は厳しい顔で言った。

「もし、おふさが不幸な暮しをしていたら……」

幸三は言いよどんでから、

「おゆみに知らせず、まず私に教えていただきたい」

と、詰め寄るように言う。

「そうします」

藤十郎は約束したが、幸三にどのような考えがあるのかわからなかった。

第三章　恩　人

一

西陽を右頬に受けながら、藤十郎は北森下町を抜けて小名木川《おなぎがわ》、仙台堀を越えて、富岡橋に近い万年町にやってきた。

質《たち》のよくない連中が住んでいる悪太郎長屋だけあって、路地で見かけた住人は一癖も二癖もあるような面構《つらがま》えだ。

木戸を入ったときから、頬に傷のある男が藤十郎に冷たい目を向けている。藤十郎はその男に向かった。

遠くにいた若い男が傷の男に加勢するように近寄ってきた。

「庄蔵さんの住いはどちらですか」

藤十郎はきく。

「知らねえな」

男は顔をそむけた。

若い男が、

「ひとにものを訊ねるのに、ただってことはないぜ」

と、にやついて言う。

「なるほど。さすが、悪太郎長屋の住人だ」

藤十郎は相手を挑発する。

「おもしれえ。俺に喧嘩を売るとはたいした度胸だ。ほめてやるぜ」

いきなり、若い男は拳で顔面を殴りつけてきた。藤十郎は片方の手のひらで拳を受けとめ、素早く手首を摑んでひねり上げる。

「痛《いて》え。放せ、放しやがれ」

「よし」

藤十郎が突き放すと、若い男はよろけてどぶ板に手をついた。

「庄蔵はどこだ？」

もう一度、藤十郎はさっきの頬の傷の男にきく。

「そこだ。とば口だ」

「よし」

「出かけたぜ」

「どこに行った？」

「知らねえ」

起き上がった若い男が懐から匕首を抜いた。

「よすんだ」

藤十郎は諭すが、男は頭に血が上っている。

「この男をやめさせるんだ。怪我をするぞ」

藤十郎は傷の男に言う。

「やめておけ。おめえが歯が立つ相手じゃねえ」

「我慢ならねえ」

若い男は匕首を構えた。

「もう一度言う。やめるのだ」

藤十郎は若い男のほうに一歩踏み出して言う。

若い男は後退《あとずさ》った。

「やめておくんだ」

傷のある男が若い男から匕首を取りあげ、

「庄蔵なら、佃町《つくだちょう》にある『三升家《さんしょうや》』という呑み屋にいるはずだ」

「『三升家』だな」

若い男はまだ藤十郎を睨みつけている。

木戸に向かいかけたとき、傷のある男がにやりと笑った。何か魂胆がありそうだ。

藤十郎は富岡橋を渡り、永代寺門前仲町《もんぜんなかちょう》から富ヶ岡八幡宮前に出て、大島川にかかる蓬莱《ほうらい》橋を渡った。

やがていかがわしい店が並ぶ一帯に出た。間口の狭い店の土間から白粉《おしろい》を塗りたくった女がこっちを見ている。あちこちに目付きの鋭い男が立っている。客の見張りか。

軒行灯《のきあんどん》に『三升家』と書かれた縄暖簾の居酒屋があった。藤十郎はそこに足を向けた。

まだ陽は落ち切っていないが、店にはかなり客がいた。客を見渡す。

庄蔵の顔は見当たらない。小上がりの客の何人かが胡乱《うろん》な目でこっちを見た。縁台に足を組んで座っていた男に、

「庄蔵さんを知りませんか」

と、藤十郎は声をかける。

「知らねえな」

つれない返事だ。

「そうですか」

藤十郎は亭主らしき白髪まじりの男に近づき、

「きょうは庄蔵さんはまだですか」

と、きく。

「庄蔵に何の用だ？」

亭主らしき男は答える。

「教えてもらいたいことがあるんです」

「きょうはまだ来ねえ」

「いつもはこの時間に来ているんですか」

「そうだ。客じゃねえなら、早く帰ってくんな。邪魔だ」

亭主は追いやる。

「失礼しました」

藤十郎が戸口に向かうと、縁台に座っていた男が足を伸ばし、藤十郎の足を引っかけようとした。

藤十郎は男の足を大きくまたぎ、外に出た。

町の角々に立っていた男が藤十郎のほうを見ている。店から、三人が出てきた。

藤十郎は蓬萊橋のほうに向かう。連中が尾《つ》けてきた。

橋の手前で、ふいに飛びだしてきて前に立ちふさがった男がいた。

「おまえさんは、さっき長屋にいた」

頬に切り傷のある男だ。その横に、殴り掛かってきた若い男がいた。背後には店から出てきた男たちが迫った。

「みんな仲間か」

藤十郎は言う。

どうやら、この連中は、このいかがわしい一帯の用心棒のようなことをして生計を立てているのかもしれない。

「やい、庄蔵兄いに何のようだ？」

若い男がむきになっている。

「おまえたちは庄蔵とどんな関わりがあるのだ？　庄蔵はおまえたちの兄貴分か」

背後の者たちにも顔を向ける。

「そうだ。よそ者が何を調べているのだ？」

「そなたたちには関わりない。庄蔵に話す」

「なんだと」

傷の男が背後にいる連中に目配せをした。

すると、いきなり背後から男が飛び掛かってきた。藤十郎は前を向いたまま肘で迫った男の腹を激しく突いた。

男はその場にくずおれた。

「野郎」

背後の男たちがいっせいに匕首を構えた。

「止めないのか」

藤十郎は頬に傷のある男に言う。

「怪我をするだけだ」

「やっちまえ」

頬に傷のある男が叫ぶや、今度は匕首の男が突進してきた。藤十郎は身を翻し、素早く相手の手首を掴んでひねった。

男は大きく一回転して背中を打った。頬に傷のある男も匕首を構えた。

「止《や》むを得ぬ。相手になろう」

藤十郎は羽織を脱いだ。

男たちは藤十郎を取り囲むように身構えた。

「待て」

突然、声がした。

橋を渡ってきた男が輪に割って入った。四十前後の男だ。切れ長の目が冷酷そうだ。

後ろに銀次がいた。

「庄蔵兄い」

頬に傷のある男が声をかけた。

「何があったんだ？」

庄蔵がきく。

「庄蔵兄い。こいつは『四季屋』にいた男ですぜ」

銀次が耳打ちする。

「庄蔵さんですね。話があってきました」

「おう、みんな。心配ねえ。あとは任せてもらおう」

庄蔵は仲間に言い、男たちが引き上げてから、

「話を聞こうか」

と、顔を向けた。

「なぜ、あの連中は殺気だっているのですか」

「吉原《よしわら》の人間だと思ったんだろうよ」

「吉原？」

「向こうに」

と、庄蔵は大島川の辺りに顔を向ける。

「近頃、この辺りはいい妓《こ》がいるっていうんでかなり繁盛している。中には吉原から逃げてきた妓がいるんでさ。女を探しにきたと思ったんだ」

「そうか。あなたたちは女衒《ぜげん》のようなことをやっているのですね」

「どっちかと言うと、引き抜きだ。先方の楼主と話し合いで引き抜くんじゃねえ。女の逃亡を手助けし、ここで働かせているってわけだ。だから、よそ者には目を光らせてい

るんだ」

「あくどい真似をしているんですね。同業者を騙して」

「それは見世《みせ》のほうだ。ところで、話ってなんだ？」

「ゆうべ、『四季屋』に現われませんでしたね」

「行く必要がなくなったんだ」

「なぜですか」

「話す必要はねえな」

「『花守屋』の主人と会いましたね」

「なんだか知らねえが、向こうが待っていた」

「金は受け取っていないんですね」

「そんなもの受けとっちゃいねえよ」

「そうですか」

「そんなこと、ききに来たのか」

「なぜ、あなたが『四季屋』に現われなかったのかが気になるんです」

「『花守屋』の主人との話し合いだ。もう、あそこには顔を出さない」

「どんな話し合いですか」

「それは言えない。花守屋との約束だ」

「約束?」

「そうだ」

庄蔵は片頬を歪ませた。

「もう、二度と『四季屋』には顔を出さないつもりですか」

「行かない」

「どうしてですか」

「だから、花守屋との約束だ」

どんな約束なのか、庄蔵は言おうとしない。

「ほんとうに『四季屋』には顔を出さないのですね」

「くどいぜ」

蓬萊橋を遊客がどんどんやってくる。なるほど、ここの盛り場は繁盛しているようだ。

「おゆみさんをどう思っているんですか」

藤十郎はさらにきいた。

「俺はおゆみと会ったのははじめてだ。生まれたときは、もうおふさと別れていたからな。自分の子だという実感はない」

庄蔵は自嘲気味に、

「会えばもっと親らしい気持ちになるかと思ったが、そうでもなかった。もともと、俺は親になれる人間じゃなかったってことだ」

「どうして、おゆみさんのことを知ったのですか」

「おふさと再会したんだ。十八年ぶりだ。お互い、すっかり変わっちまって、すぐには気づかなかったぜ」

「おふささんとはどこで？」

「芝の神明宮《しんめいぐう》前にある呑み屋だ。『酒鬼屋《さかきや》』って名だ」

「呑み屋で働いているんですか」

「そうだ」

「なぜ、あなたはそこに？」

「いいじゃねえか、そんなこと。もういいだろう、銀次が待ちくたびれている」

庄蔵が少し離れた川っぷちの柳の陰にいる銀次に目をやった。

「ひょっとして、あなたはこの界隈《かいわい》で働く女のひとを探しに芝まで？」

「まあ、そういうことだ」

庄蔵は含み笑いを浮かべ、

「あっちこっちの盛り場に出向き、呑み屋に行き、目ぼしい女を誘う。ひとりを世話すれば、金になるんだ」

「女衒と変わりありませんね」

「俺たちは生娘《きむすめ》を相手にしない。ある程度、すれた女を引っ張ってくるだけだ」

　庄蔵はむきになって言い、

「おふさが、俺の子どもはおゆみという名で十七歳になるはずだと言った。幸三という男といっしょになって茅町二丁目で小間物屋をやっていたが、おゆみが七歳のとき、家を飛びだしたと、昔語りに語ったんだ。会いに行かねえのかってきいたら、今さら合わせる顔はないと」

「どうやら、おふささんは我が子を忘れたわけではないようですね」

「ああ、酔っぱらいながら泣いていた」

「そうですか。で、あなたが、それからおゆみさんを探したのはなぜですか」

「十七歳と聞いて、ひょっとしたら高く売れるかもしれないと思った。おふさも若い頃はいい女だったからな」

　庄蔵は平然と言い、続ける。

「茅町二丁目に行ったら、そんな店はなかった。近所で聞いたら、三年前に下谷車坂町に引っ越したと言うんで、銀次に調べさせたってわけだ」

「おふささんに会ったのは、いつですか」

「ひと月前だ」

「ひと月ですか」

「おふさに会いに行くのか」

「はい」

「おゆみが会いたがっているのか」

「そうです」

「おふさは会おうとしないと思うぜ。でも、おゆみはいい娘になっていたって教えてやってくれ。おふさはほっとするだろうからな。じゃあ、もういいか」

もっと冷酷な人間かと思っていたが、庄蔵はよく話してくれた。気のせいか、ずいぶん機嫌がよいように思えた。あのように、話してくれる男なのだろうか。

これから芝まで行きたかったが、もう夜になっていた。おふさはおゆみに合わせる顔がないと言っていたそうだが、本音《ほんね》は会いたがっている。そう思った。

二

翌日、朝方は青空が広がっていたが、急に黒い雲が張り出して、辺りは夕暮れのように暗くなった。

幸三は下谷広小路の雑踏の中を、『花守屋』までやって来た。

だが、店先で足が動かなくなった。どうしても中に入れない。きょうで三度目になるが、今回は金を借りにきたわけではない。

皮肉なことに、金を借りなければならない切羽詰まった状況のときには足を踏み出せたのに、どうしたわけか臆してしまった。

一昨日、文太郎はやって来た。来ないと思っていたのにやって来た。そして、庄蔵に話をつけてくれた。それによって、幸三父娘は災いから逃れることが出来た。

今までの遺恨は遺恨として、この件だけでも礼を言っておこうとしてやって来たのだが、また文太郎の顔を見たらいらだってくるような恐れもあった。

幸三が迷っていると、

「幸三さんですね」

と、いきなり声がかかった。

驚いて振り向くと、若い男が立っていた。文太郎の倅だと思った。

「父はおります。どうぞ」

「いや」

遠慮しかけたが、倅はまるで手を引くように幸三を店の中に連れて入った。

「おとっつあんに、幸三さんがいらっしゃったとお知らせして」

倅は手代に言う。

「さあ、こちらから」

店の奥に連れて行き、上がるように勧める。幸三は腹を決めて板の間に足をかけた。

先日の客間に通されたあと、

「少々、お待ちください」

と、倅は丁寧に頭を下げて部屋を出て行った。

入れ代わるようにして、文太郎がやって来た。

「また、金か」

いきなり、文太郎は切り出した。

幸三はむっとしたが、

「違う。一昨日、来てくれたそうだな」

「ついでがあったのでな」

「庄蔵と話をつけてくれたそうじゃないか。おかげで助かった。このとおり、礼を言う」

幸三は頭を下げた。

「まあ、あんな男と縁が切れてよかった」

「でも、どうして、庄蔵が素直に引き下がったんだ?」

「それは俺とあの男とのことだ。気にしないでいい」

文太郎が庄蔵のような男と関わりがあるはずはない。何か、よほどのことがない限り、あれほど金を欲していた庄蔵が引き下がるとも思えない。

「ききたいことがある」

幸三は口にした。

「ほんとうはお金を出したんじゃないのか。五十両出して、話をつけてくれたんじゃ？」

「ばかなことを言うな」

文太郎は一笑に付し、

「そんな大金、どうしておまえのような不人情な男に出してやるばかがいるのだ」

「なに、不人情だと」

幸三はむっとなった。

「そうだ。久し振りに会ったと思ったら、いきなり金だ。元気か、家族に変わりはないかと、どうしてそういう台詞が出てこないのだ。だから、不人情だというのだ」

「裏切り者のくせしやがって」

幸三は言い返す。

「裏切り者だと？　自分で勝手に描いた夢を俺に押しつけて。そのとおりにならなかったら、俺が悪いと言うのか」

「押しつけただと？　きさま」

幸三は殴り掛かりたい衝動を懸命に抑えた。

「俺がどんな思いでいたか、おめえなんかにわからないだろう。おめえと一生付き合っていきたい。だから、ふたりで店を持とうとしたんだ。その思いを踏みにじりやがって」

「だから、おまえは身勝手なんだ。自分のことしか考えない。自分の思い通りにならないとすぐ腹を立てて」

幸三は立ち上がった。

「もういい。これ以上、言い合っても同じことの繰り返しだ」

乱暴に障子を開け、幸三は廊下に飛びだした。

「もう二度と会うことはあるまい。ともかく、庄蔵の件は礼を言う」

店を通って土間を突き抜けようとしたとき、ふと番頭と話している武士が目に入った。

幸三は戸口に向かいながら首を傾げた。

藤堂家の家来の間垣常太郎と名乗って店に現われた侍に似ている。見間違いかと思いながら戸口の前で振り返る。

細面で鼻筋の通った顔はやはり間垣常太郎に似ている。だが、はっきりそうだと言い切る自信はなかった。似ているものの、どこか雰囲気は違う。

だが、あの侍が騙《かた》りだったとしても、調べようがない。もし、人違いだったら、取り返しのつかないことになる。

心を残しながら、幸三は外に出た。

行き交うひとの動きがあわただしい。幸三は空を見上げる。雨雲が空をおおっていた。今にも、降り出しそうだ。下谷車坂町まで持つだろうか。幸三は急ぎ足になった。

「幸三さん」

追いかけてくる声に立ち止まって振り返る。

「あなたは」

文太郎の倅だった。

「これをお持ちください。降られます」

倅が傘を差し出す。

「いや。大丈夫だ」

「どうぞ、お持ちください。返さなくていいですから。では、お気をつけて」

「もし、お名前は？」

「失礼しました。菊太郎と申します。どうか、父をお許しください」

菊太郎は頭を下げて引き返そうとした。

「菊太郎さん」

幸三が呼び止めた。

「はい」

「お店に、細面で鼻筋の通った顔だちのお武家がいらっしゃってますね」

「そういえば、いらっしゃいました。それが何か」

「そのお侍がどこの誰か、番頭さんにきいてくれませんか」

「何か」

「いえ。私の勘違いだったらいけません。明日のこの時間、お店の前で待っていますので、適当な時間に出てきて教えてくださいますか」

「わかりました」

「では。また、明日」

幸三は会釈をして、菊太郎と別れた。

三橋の前で突然、雨が激しく降り出した。幸三は借りた傘を差した。雨が激しく傘を打ちつけた。

たちまち道はぬかるみ、広徳寺前の通りを過ぎ、車坂町の『四季屋』に戻ったときは足はすっかり汚れていた。

傘をとじ、雨の雫《しずく》を振り落として裏口から入る。

「おとっつあん。濡れちゃったでしょう」

おゆみが店のほうからやって来た。

「傘を借りた。それでも、だいぶ濡れたがな」

「いま、濯《すす》ぎの水を」

おゆみが盥《たらい》に水を汲《く》んで持ってきた。

「すまない」

幸三は足を濯いで部屋に上がった。

着替えてすっきりしてから店に顔を出し、

「こんな日は客は来ないだろうな」

と、店番のおゆみに言う。

「ええ」

「おゆみ、安心しろ。もう、あの男は来ないということだ」

「ほんとうに？」

おゆみは安心したように言う。

「しかし、あの男はおまえの実の……」

「違うわ。私のおとっつあんはひとりだけよ。もう、そんなこと、言わないで」

「すまなかった」

それから半刻後、雨脚が弱くなった。屋根を打ちつける雨音も弱くなったようだ。

「少し、明るくなってきたな」

「ええ」

おゆみは土間におり、半分閉めていた戸を全部開けた。

そして、外に出て、

「おとっつあん、お陽さまが出ているわ」

と、おゆみは弾んだ声を出した。

おゆみの笑顔は俺にはかけがえのないものだ。その笑顔を見たいために、頑張ってきたのだと、幸三は目を細めておゆみが戻ってくるのを見た。

「おとっつあん、どうしたの？」

「何がだ？」

「だって、にやにやしていたんだもの」

「そうか」

幸三はあわてて顔に手をやった。

「ちょっと、昔のことを思いだしたんだ」

ふと、思いだしたことがあったので口にした。

「昔のこと？」

「よちよち歩きのおゆみを連れて、観音さまにお参りに行ったときだ。俺が社殿で拝んでいるときに、おゆみがいなくなってしまった。合掌してから横を見たら、いないんであわてた。おゆみ、おゆみと大声で叫びながら境内を探した。見つからず、青くなっていたら、社殿に上がってぴょこたんと座って、拝んでいるひとを見ていた。その姿に、みんなが可愛い可愛いと言ってな。おゆみは観音さまがさずけて下さった宝物だと思ったよ」

そのときのことを思いだして、幸三は口許を綻ばせた。

「嘘でしょう?」

おゆみが異を唱える。

「ほんとうだ」

「私がそんなことをしたなんて、信じられない」

「ほんとうだ。おっかさんにきいてみれ……」

幸三は胸の底から突き上げてくるものがあった。あの頃は楽しかった。自分にこのような仕合わわせが訪れるとは思っていなかった。毎朝、お天道さまに感謝したものだ。

「おとっつあん」

「あっ、すまない。まだ、藤十郎さんから知らせがないな」

「おとっつあん、ごめんなさい。私が変なことを言い出して。おっかさんはきっと仕合わせに暮らしているんだと思うわ。そうだったら、私のことなんか迷惑ですものね」

「…………」

「私、もう、おっかさんに会いたいなんていわない」

「なにを言うんだ。おっかさんはおまえを産んだひとだ。俺だって、成長したおまえの姿を見せたいんだ」

「ありがとう、おとっつあん」

「よせ」

幸三はまた涙が出そうになって、奥に入った。

ひとりになって、またおふさのことを思いだす。三人で楽しく過ごした日々があったのだ。

あのとき、ずっとこの仕合わせが続くようにと祈った。それが、わずか七年で、崩れるとは……。

ほれ、あれがかみさんに逃げられた男だ。若い男に寝取られたそうだ。同じ屋根の下にいながら、かみさんが奉公人と出来ていることに気づかなかったばかな男だ。そんな世間の嘲笑に、幸三は耐えてきた。

だが、おふさはおゆみを産んだ女なんだ。おゆみを俺に授けてくれた女なんだ。そう自分に言い聞かせた。

店のほうで、男の声がした。客がきたようだ。おゆみが何か言っている。おやっと思ったとき、

「おとっつあん」

と、おゆみが呼びにきた。

「『花守屋』の菊太郎さんです」

「菊太郎さん？」

幸三はすぐ出て行く。

店先で、菊太郎が待っていた。

「菊太郎さん。わざわざ、お出《い》でくださったのですか」

「はい。早くお知らせしたほうがよいかと思いまして」

菊太郎は若々しい声で言い、

「あのお侍さまは、佐竹《さたけ》さまのお屋敷の待田丈太郎《まちだじようたろう》さまだそうです」

「待田丈太郎？」

間垣常太郎と待田丈太郎。似ているようでもあるし、まったく別のような気もする。

「佐竹家と言うと、佐竹右京大夫《うきようだゆう》さまですか」

「そうです。佐竹右京大夫さまのご家来だそうで、奥方さまの計らいで、国元に鼻緒を土産としてまとめて送ることになったそうです」

「国元に送る？」

「はい。明日の昼過ぎに、品物を受け取りにくると」

「佐竹さまのご家来に間違いはないのですか」

「はい。ご家老さまの書付を持っていたとのことでございます」

「書付……」

間垣常太郎の場合も同じだ。

「菊太郎さん。半刻ばかり、お待ちいただけませんか」

「はい」

「おゆみ。ちょっと出かけてくる。菊太郎さんを頼んだ」

幸三は着替え、羽織を着て、『四季屋』に菊太郎を残して出かけた。

寺町を抜け、下谷七軒町《しちけんちょう》を通って、三味線堀の向かいにある佐竹右京大夫の上屋敷にやって来た。

大きな屋敷だ。長屋門に向かい、門番に訊ねる。

「おそれいります。下谷広小路に店を持ちます『花守屋』のものでございますが、こちらに待田丈太郎というお侍さまはいらっしゃいますでしょうか」

「待田丈太郎どのとな」

肩幅のがっしりした門番は威圧するように、

「何の用だ？」

と、野太い声を出した。

「はい。待田丈太郎さまがお店にお見えになって、国元に送る鼻緒を大量にお買い上げいただきました。そのご挨拶に」

「鼻緒を国元に？　おかしいな」

門番は首を傾げ、

「ちょっと待っておれ」

と言い、奥に向かった。

だいぶ待たされて、門番が戻ってきた。

「待田丈太郎なる者は当家にはおらぬ。また、鼻緒など、頼んでいないということだ」

「ほんとうですか」

「嘘ついて何になる。たくさんの家臣がいるが、我らはここで皆と顔を合わせている。間違いない」

「わかりました。ありがとうございました」

幸三は上屋敷を引き上げ、三味線堀のそばを通り、来た道を戻って、下谷車坂町に帰った。

「お帰りなさい」

おゆみが声をかけた。

「菊太郎さん。いま、佐竹さまのお屋敷に行って確かめてきた。待田丈太郎は家来にはいないそうです。また、お屋敷では鼻緒を頼んでいないということでした」

「どういうことなのでございましょうか」

「あの侍は偽者です。この店にも藤堂家の家来で間垣常太郎と名乗った侍がやって来て、品物をだまし取られました」

「ほんとうですか」

菊太郎は目を見開き、

「どうしたらいいんでしょうか」

と、うろたえたようにきく。

「落ち着きなさい」

「はい」

「これから帰って、菊右衛門と番頭さんに事情を話し、騙されたふりをするように言うんです。それから、このことを探索している親分さんをお店に行かせますから」

「わかりました」

菊太郎は急いで引き上げて行った。

「ちょっと自身番までいってくる」

幸三は自身番まで行き、吾平への連絡を頼んだ。それから、藤十郎にも伝えておこうと思った。

そもそもは品物をだまし取られたことで、拾った茶碗を勝手に質入れし、二十両を手に入れた。幸三のやったことは詐欺の一味となんら変わりない。それを、藤十郎が目を瞑ってくれたのは、幸三に同情してくれたからだろうが、二十両は『万屋』がかぶったことになる。もっとも、あの茶碗がなんらかの形で売れれば、『万屋』の儲けになるだろうが、曰くつきの茶碗が売れるかわからない。

詐欺一味を捕まえれば、金を回収し、『万屋』に返済出来るのだ。そんな思いもあって、幸三は田原町に急いだ。

『万屋』に行くと、藤十郎は出かけたばかりだった。すれ違いになった。番頭の敏八に、どんなに遅くなってもいいから『四季屋』に来てもらうように頼んで引き上げた。

帰ると、店先に吾平が待っていた。

「俺に何か話があるようだな」

吾平が鋭い目を向ける。

「親分さん。うちに来た詐欺の一味が下谷広小路の『花守屋』に現われました」

「なんだと」

吾平の顔つきが変わった。

「うちで藤堂家の間垣常太郎と名乗った男は、佐竹家の待田丈太郎と名乗っていました。佐竹家にはそのような家臣はいませんでした」

「で、いつ荷物を受け取りにくると言うのだ？」

「明日だそうです」

「よし、これから『花守屋』に行って、事情をきいてくる」

「よろしくお願いいたします」

幸三は吾平を見送った。

「おとっつあん」

おゆみが声をかけた。

「うちから品物をだまし取ったひとが、菊太郎さんの店でも同じことをしようとしているのね」

おゆみがうれしそうに菊太郎と名を呼んだことに驚いた。まさか、佐竹家に行って留守にしている間に、ふたりは親しくなったのか。

「おめえ、菊太郎さんは……」

幸三は声を呑んだ。

文太郎の倅というだけでなく、向こうは大店だ。格が違う。そう言おうとしたが、まだおゆみが菊太郎に惹《ひ》かれたというわけではない。早合点だと自分に言い聞かせた。

「おとっつあん、どうしたの？」

「いや、なんでもねえ。今、吾平親分が『花守屋』に出かけたから、もう心配はいらねえよ」

「そう、よかったわ」

おゆみのほっとしたような笑みに、また幸三の心が騒いだ。

三

夕方には雨が止み、藤十郎は田原町から一刻（二時間）をかけて芝神明町にやって来た。その頃はすっかり暗くなり、神明宮参道に石灯籠の明かりが輝いていた。そこから近い場所に『酒鬼屋』があった。二階家の案外と大きな店だ。

藤十郎は縄暖簾をくぐった。職人ふうの男から日傭取《ひようと》り、駕籠かきふうの男などでいっぱいだった。

店に白粉を塗りたくった女がふたりいて、客の間を卑猥《ひわい》な言葉を投げかけながら酌をしてまわっていた。女はいずれも四十近いようだ。

藤十郎は近寄ってきた女に声をかけた。

「おふささんはいますか」

「おふさ？　やめたよ」

女は目尻に皺が目立った。

「やめた？」

「そうさ。昔の亭主とばったり会ってから、少しおかしくなっていた。そしたら、ここを出て行った」

「いつですか」

「五日ぐらい前かしら」

「五日前……」

藤十郎は落胆したが、

「住いはどちらです？」

「ここよ」

「ここ？　住み込みだったということですか」

「そうよ。あたしたちも、そう」

奥からやはり白粉を塗った女とたくましい体つきの男が出てきた。ここは気が向いたら、女と遊ぶことが出来るのだ。おふさもそういうことをしていたのか。

「ねえ、遊んでいかない？」

女は藤十郎に色目を使う。

「おふささん、どこに行ったかわかりませんか」

藤十郎は気づかないふりをしてきく。

「誰にも言わないで出て行ったわ」

「ここではどんな感じでしたか」

「大酒呑みで、すぐ絡んでくるし、それに陰気臭いんで、あんまり客はつかなかったわ」

「おい、こっちへ来いよ」

「わかったわよ」

駕籠かきらしい男が女の手を引っ張った。

藤十郎に手を上げて、女は男たちの間に連れ込まれた。

おふさはこういう暮しをしてきたのだ。いっしょに逃げた奉公人はどうしたのか。想像はつく。

おふさは歳を重ね老けるが、年下の奉公人のほうは男盛りになる。おふさは捨てられたのだろう。

痛ましい気がしたが、自業自得とも言える。『四季屋』にいればと後悔したことはあったのだろうか。そういう生き方しか出来なかったのかもしれない。

念のために、藤十郎は『酒鬼屋』の女将にも会った。だが、おふさは行き先も告げずに出て行ったと話した。

ただ、おふさに娘がいたと聞いたとき、一度会いに行ったらどうなのさと女将は勧めたことがあったという。

もしかしたら、娘に会いに行ったんじゃないかしら。女将はそう言った。

藤十郎は来た道を引き上げた。おふさがこういう暮しをしていたことはおゆみには話さないほうがいいのかもしれないと思った。

再び、一刻歩いて田原町の『万屋』に帰った。

「お帰りなさい。幸三さんがいらっしゃって、どんなに遅くなってもいいから、『四季屋』まで来ていただきたいということでした」

「そうか」

今は五つ半（午後九時）だ。

「出かけてくる」

休む間もなく、藤十郎は『万屋』を出た。

東本願寺前を過ぎ、菊屋橋を渡る。木戸番屋の明かりが見えるだけだ。人通りの絶えた道を野良犬が悠然と横切った。

下谷車坂町にやってきた。『四季屋』も戸が閉まり、真っ暗だ。

迷ったが、藤十郎は潜《くぐ》り戸《ど》を叩いた。

しばらくして、戸の内側から物音がした。

覗き窓に目が見え、すぐに戸が開いた。

「藤十郎さん。お呼び立てして申し訳ありません。おゆみをひとりにしておくのが心配で」

幸三が中に入るように勧める。

「何かありましたか」

藤十郎は土間に入ってきく。

「じつは『花守屋』に、詐欺の一味が現われたんです」

幸三は詳しい話をした。

「佐竹家の待田丈太郎と名乗ったのですね」

「そうです。佐竹さまのお屋敷に行って確かめてきました。偽者です。吾平親分にも伝えました」

「荷物を受け取りにくるのは明日ですか」

「そうです。明日の昼過ぎに、荷物を受け取りにくるそうです。吾平親分は『花守屋』に行くと言ってました」

「私も明日、『花守屋』に行ってみます」

「藤十郎さんが行ってくださるのは心強い限りです」

「でも、よく、気がつきましたね。幸三さんがいなかったら、まんまと品物をだまし取られていたところです」

藤十郎は幸三の手柄を讃《たた》えた。

「文太郎、いえ『花守屋』の菊右衛門に庄蔵の件でお礼に行ったことで、見つけることが出来たんです。それより、庄蔵に会ってこられたんですね」

「ええ。お金の件は打ち消しましたが、庄蔵もどんな話し合いが行なわれたか、言おうとしませんでした」

「そうですか。文太郎も言いません。ふたりに何があったんでしょうか」

「わかりません。以前からの知り合いのようには思えなかったのですが。それから」

藤十郎はおゆみの耳を気にして小声になり、

「庄蔵からおふささんが芝神明にいると聞いて、芝まで行ってきました。ですが、五日前に、出て行ったあとでした」

「出て行った？　そうですか。庄蔵に見つけられたせいでしょうか」

「そうかもしれません」

「おふさはどんなところにいたのですか」

「呑み屋で、働いていました」

「呑み屋？」

「居酒屋です」

男の相手をするということは言わなかった。

「かなり酒を呑むようになり、生活は荒《すさ》んでいたようです」

「男とは別れたのですね」

「ええ、住み込みで働いていましたから」

「住み込みで？」

「ええ」

店のことを深くきかれるのを避けようと、

「居酒屋の女将は、おふささんに娘に会いに行ったほうがいいと勧めたことがあったそうです。わかりませんが、おふささんもおゆみさんに会いたいと思っているのかもしれません」

奥で物音がした。おゆみが聞いているのだと思った。

奥を気にしてから、幸三は口調を改め、

「何から何までありがとうございました」

と、深々と頭を下げた。

藤十郎は『四季屋』を引き上げた。

翌日の昼、藤十郎は吾平とともに『花守屋』の店の奥、長い暖簾の下がった向こう側の廊下にいた。

『花守屋』につくと、吾平が手を貸してくれるように頼んだ。同心の近田征四郎は外で店を見張っている。

店先に武士が現われた。細面で鼻筋の通った顔だ。背筋が伸び、姿勢がよい。あの者はもともと武士だ。かなりの使い手であることが想像出来る。

役者上がりの男が武士に化けてもどこか芝居染みるが、あの男は所作が自然だ。手代が近づいてきた。

「あのお侍さまです」

「よし、わかった」

吾平が答える。

佐竹家の家臣待田丈太郎と名乗った男は土間に入ってきた。応対に出た番頭に、

「荷は出来ているか」

と、告げた。

「はい。用意出来ています。私どもで、お屋敷まで運びましょうか」

「いや、それには及ばぬ。この者たちに運ばせる」

待田丈太郎の背後に中間ふうの男がふたりいた。

番頭はふたつの大きな風呂敷包みの荷を手代に持ってこさせた。

「よし。では、これが受け取りだ。晦日に屋敷まで持参すれば代金を支払う」

丈太郎は書付を渡し、

「では、受け取って参る」

と、中間に目配せをした。

ふたりの中間がそれぞれ荷を背負い、丈太郎を先頭に店を出て行った。

「じゃあ、あっしは」

吾平があとを追う。

藤十郎も店先に出た。丈太郎たちは広小路を突っ切り、御徒町《おかちまち》のほうに向かった。

「あの荷は？」

番頭にきいた。

「はい。近田さまから言われたようにぼろ布や紙屑を詰めてあります」

「偽物ですか」

藤十郎は微かに不安を持った。隠れ家に帰り着いて、品物が屑だったと知ったとき、奴らはどんな反応を示すだろうか。

その前に踏み込んで捕まえてしまえば問題はないので、藤十郎は杞憂《きゆう》かもしれないと思った。

藤十郎が引き上げようとしたとき、菊太郎が近寄ってきた。

「藤十郎さま。父がお会いしたいと申しております。もし、お時間があれば……」

「わかりました」

菊太郎の案内で、藤十郎は客間に行った。

菊太郎と入れ代わって、菊右衛門がやって来た。

「おかげで無事でした」

菊右衛門が口を開いた。

「これも、幸三のおかげです。藤十郎どのから、私が礼を申していたとお伝えくださいませんか」

「ご自身で仰ったほうがよろしいのでは？」

「いえ。顔を見合わせれば、また罵り合いとなりましょう。会わないですむなら、それに越したことはありません」

「雪解けは難しいのでしょうか」

「残念ですが、無理です。しかし、私は幸三の気持ちも理解出来ます。もし、私がこのような大店の主人に納まっていなければ、また違ったのでしょうが」

「幸三さんに引け目があると？」

「さあ、どうでしょうか」

菊右衛門は曖昧に笑い、

「これで、庄蔵の件と貸し借りはなしになったとお伝えください」

と、最後は妙に生真面目な顔になって言った。

菊右衛門は本当は幸三と仲直りしたいと思っているのではないか。だが、幸三の心が頑《かたく》ななために、すり寄れない。そんなもどかしさを抱いているのではないか。

「菊右衛門さん。思い切って、あなたのほうから幸三さんに頭を下げたらいかがですか」

藤十郎が口出しをした。

「仲違いをして二十年。もう、お互いの意地や面子《メンツ》を捨てては？」

「いや。幸三には無理でしょう。行商から小さいながらも店を持てたのも、私に対する敵対心からだと思います。幸三があそこまで頑張ってこられたのも、言ってみれば私への怒りからでしょう」

菊右衛門は微かに冷笑を浮かべた。幸三に対する蔑みの笑みか、あるいは自分自身に向けたものかいずれともとれた。

藤十郎はなんとなく気が重いまま、『花守屋』をあとにした。

『万屋』に引き上げると、吉蔵から知らせがあり、浅草山之宿町の大川べりにある料理屋『川藤』に向かった。

二階の小部屋におつゆが待っていた。

「失礼します」

障子を開け、吉蔵も入ってきた。

「藤十郎さま。与田為三郎さまの屋敷の元奉公人をやっと見つけました。おさとという女中で、ご妻女が自害したあと、奉公をやめています」

おつゆが切り出した。

「おさとさんはご妻女が自害したことは固く口止めされているようで、なかなか話そうとしてくれなかったのですが、きょうやっと話してくれました」

おつゆは眉根を寄せ、

「自害される前夜、『能代屋』の主人伊右衛門がやってきたそうです。与田為三郎さまは出かけていて、伊右衛門が来るまでに帰る予定だったのに帰宅が大幅に遅れ、その間、ご妻女が伊右衛門の相手をしたようです」

「………」

「与田為三郎さまが帰らないので、伊右衛門は先に引き上げました。そのとき、ご妻女は伊右衛門を見送ろうとしなかった。おさとさんが部屋を片づけに行ったところ、銚子が部屋の隅に転がっていたそうです。ご妻女の姿がないので、奥の部屋に行き、声をかけたのですが、返事はなく、ただ嗚咽が漏れていたと……」

おつゆが痛ましげに声を詰まらせた。

「そうか」

藤十郎は腕組みをした。もはや、何があったか明白だった。

「私は、中間だった男に当たってみました。中間が妙なことを言っていました。引き上げる伊右衛門がにやにや笑っていたので不審に思って、門を出たあとも見送ったそうです。そしたら、隣の槌本嘉平の屋敷に入って行ったそうです」

「槌本嘉平どのの？」

「はい。中間はそこまで見ただけで引き返しました。与田為三郎さまが帰ってきたのはそれから四半刻あとだったそうです」

「なんと酷《むご》い」

藤十郎は胸が痛んだ。

「許せませぬ」

おつゆが絞り出すように言う。

「私も何があったのかわかって胸糞が悪くなりました」

温厚な吉蔵も怒りを露《あらわ》にする。

「ふたりともごくろうだった。これで、ご妻女の自害の真相がわかった」

藤十郎は沈んだ声でふたりをねぎらった。

その夜、『万屋』に吾平がやってきた。

「どうでした？」

憤然としている吾平にきいた。

「逃げられました」

「逃げられた？」

「待田丈太郎とふたりの中間は御徒町の武家地を抜け、佐竹家の裏に出て、塀伝いに表門にまわりました。途中、辻番所《つじばんしょ》に中間のひとりが入って行った。そして、出てくると、三人は佐竹家の門に向かったのです。まさか、佐竹家に入っていくのではないかと思っていると、門の前で荷物を下ろしました。そのまま、三人は下谷七軒町のほうに走って行きました。追いかけたのですが、逃げられました。辻番所できいたら、男は荷を検《あらた》めたってことです」

「尾行に気づいていたんです。待田丈太郎と名乗った男は元は武士です。かなり腕が立つのでしょう」

「ちくしょう。迂闊でした」

吾平は舌打ちした。

「親分。待田丈太郎はだまし取った鼻緒をどこかで金に換えるつもりだったのでしょう。どこか、盗品と知りつつまとめて買い上げるところがあるんじゃありませんか」

「しかし、これまでにだまし取られたのは小間物と鼻緒です。それらを買い上げてくれるところがあるんでしょうか」

「あるとすれば、そこは買い上げたものを自分の店で安く売っているはずです。小間物も鼻緒もいっしょに売っている店があるんじゃないでしょうか。安売りで評判の店を探してみては」

「わかりました。そうします」

吾平は元気を取り戻して帰って行った。

ふと、思いついて、藤十郎は徳利を持って離れに行った。

「如月さん」

庭先から声をかける。

源太郎がすぐ障子を開けた。めざとく、藤十郎が提げている徳利を見て、

「酒の匂いがした。さあ、どうぞ」

源太郎はうれしそうに藤十郎を部屋に上げた。

湯呑みをふたつ持ってきて、源太郎は自分で酒を注ぐ。

「ありがたい」

そう言い、源太郎は酒をいっきに喉を鳴らして呑み干した。

「うまい」

源太郎は口に残った雫を手の甲で拭う。

「相変わらず、見事な呑みっぷりです」

藤十郎は感嘆した。

「なにか、用でござろう」

二杯目を注ぎながら、源太郎がきく。

「大名家の家臣を騙り、品物をだまし取る一味が横行しています。先日、下谷車坂町の『四季屋』に現われたときは藤堂家家臣の間垣常太郎、下谷広小路の『花守屋』に現われたときは、佐竹家家臣の待田丈太郎と名乗っていました」

藤十郎は表情を変えずに酒を呑んでいる源太郎を見ながら、

「きょうの昼間、『花守屋』に現われた侍は元はどこかの家中の者だったと思われます。細面で鼻筋の通った顔だち。武剣の腕もかなりのもの、『花守屋』から引き上げた待田丈太郎は同心の尾行に気づいています」

「………」

「如月さま。どこかで、その者とすれ違うかもしれません。どうか、心に留めておいていただけますか」

湯呑みを口から離し、

「わかった。そうしよう」

と、源太郎は言ったが、目は遠くを見ているようだった。

「では、私は……」

藤十郎は立ち上がった。

「いっしょに呑まぬのか」

「どうぞ、如月さまおひとりで」

「詰まらぬ」

源太郎は不満そうだ。

「そなた、いつも心が張りつめたようなところがある。なぜ、もっと羽目をはずさぬ。たまには冗談を言い、大声で笑ったらどうだ？」

「性分でございます」

「そなたのような男を亭主に持つ女は苦労する」

源太郎は言いたいことを言う。

「そうでしょうね」

おつゆのことを思いだしながら言う。

「わかったわかった。俺ひとりで呑む。じゃあな」

「失礼します」

藤十郎は庭に出た。冷たい夜風に胸が締めつけられたようになった。そなたのような男を亭主に持つ女は苦労する。その言葉が槍《やり》のように胸に突き刺さっていた。

四

翌日、与田為三郎の屋敷はひっそりとしていた。門前を通って、藤十郎は隣にある槌本嘉平を訪ねた。

嘉平はきょうは非番で、屋敷にいた。

客間で差し向かいになるなり、嘉平がいきなり言い訳をした。

「与田為三郎のことで何かわかったら知らせると約束したが、結局なにもわからなかったのだ」

「そうですか。じつは、私のほうで少しわかったことがありまして、そのことを確かめたく参りました」

藤十郎は口を開く。

「なんだ」

「はい。ご妻女どのが自害をなさった日の前夜、こちらに与田為三郎さまがおいでになっていたそうでございますね」

「いや」

嘉平はとぼけた。

「じつは、与田さまのお屋敷の中間がそう話していました」

「思い違いであろう」

「いえ。その次の日に、奥方が自害されたのです。忘れようにも忘れられないのでは？」

「…………」

「槌本さまはお忘れでいらっしゃいますか」

「いや。為三郎が来たのは別の日であったはず」

「では、その夜、『能代屋』の伊右衛門はなんのためにこちらに寄ったのでしょうか。その夜、伊右衛門は与田さまのお屋敷を訪ねています」

「藤十郎。そのようなことを探って何になる？」

「と、仰いますと？」

「今、為三郎は病にある。お役目も休み、屋敷に引きこもっている」

「与田さまが？」

「妻女を亡くした悲しみが高じ、心が壊れてしまったのかもしれない」

「そうですか」

藤十郎は痛ましげに呟き、

「槌本さまは、自害の前夜、与田さまのお屋敷で何があったのか、ご存じなのですね」

「…………」

「その夜、伊右衛門が与田さまを訪ねた。でも、その前に、与田さまはお出掛けになっていた。与田さまが帰るまで、ご妻女どのがお相手をなさっていたそうです」

「よせ」

嘉平が制した。

「聞きたくない」

「やはり、ご存じなのですね」

「あの夜、ここにやって来た為三郎の様子がおかしかった。なんども屋敷に戻りかけては踏みとどまっていた。何があったのか訊ねても、上の空だった。伊右衛門がやって来て、それから屋敷に帰った」

「自分の屋敷で何が行なわれているか、与田さまはご存じだったのです」

「わしは、そのとき、わけを知っていたら止めに駆けつけた。だが、為三郎は何も言わなかった」

嘉平は無念そうに言い、

「翌日の夜、妻女が死んだと聞いた。駆けつけたとき、すでにふとんに寝かされていた。病死だと聞いたときは前夜から具合が悪く、それで為三郎の様子がおかしかったのかとも思った。だが、妻女の首に白い布が巻かれていたのを見て胸を衝《つ》かれた」

「いつ、真相に気づかれたのですか」

「そなたがやって来たあとだ。黒釉金稲妻の茶碗と妻女の死に関わりがあるのではないかという、そなたの指摘を受け、為三郎を問い詰めた。茶碗を買い求める金があったのかと。だが、その頃から為三郎の様子はおかしかった」

「伊右衛門に手込めにされたこと以上に、ご妻女どのは茶碗と引き換えにした与田さまに絶望したのでしょう」

「そうだ。だから、妻女は茶碗に自分の血を溜《た》めて、為三郎に対する怒りを表わしたのだ」

　嘉平は苦しそうに言い、

「以上だ。もう、そっとしておいてやってくれ。為三郎も報いを受けている」

「いえ、ひとりだけ、平然としている男がおります」

「伊右衛門か」

「はい。伊右衛門のほうから黒釉金稲妻の茶碗をえさに、与田さまに取り引きを持ち掛けたのに違いありません」

「しかし、どうしたら伊右衛門に罰を与えられるのだ。それに、罪を問おうとすれば、為三郎と妻女のことを表に出さねばならぬ。そのことは困る」

「わかっております。罪には問えません。ですが、伊右衛門には何らかの形で責任をとってもらいます」

藤十郎は静かに怒りをぶつけた。

「お邪魔しました」

藤十郎は礼を言って腰を浮かせたが、

「与田さまはいかがでしょうか」

「今のところ、回復の兆しはない。今は、何もかも忘れてしまったようだ。子どもに返ってしまっている」

「そうですか」

「だが、為三郎にとっては、かえってそのほうがいいかもしれない。苦しみから逃れられるのだからな。幸い家を継ぐ男子がいる」

嘉平は寂しそうに言った。

「失礼します」

藤十郎は改めて挨拶をして立ち上がった。

藤十郎はいったん『万屋』に帰った。

小僧に、質草の黒釉金稲妻の茶碗を土蔵からとってきてもらった。これは、すでに幸三から譲り受けている。

その茶碗を持って、藤十郎は『万屋』を出た。日増しに風が冷たくなっていくようだ。阿部川町から三味線堀を経て向柳原を通って新シ橋を渡る。そして、柳原通りを須田町に向かった。

須田町に入り、漆喰土蔵造りの『能代屋』の前で立ち止まる。茶碗を抱え直し、店の土間に入った。

座敷にはたくさんの客がいて、それぞれに番頭や手代がついていたが、伊右衛門も客の相手をしていた。客は裕福そうな旦那だった。

番頭が近づいてきたが、

「伊右衛門どのにお会いしにきました」

と、告げる。

伊右衛門が立ち上がって、こっちを見た。客の相手を番頭に任せ、伊右衛門が近づいてきた。藤十郎も足を向けた。

「何か」

伊右衛門がきく。

「与田為三郎さまのことでお話が」

一拍の間を置いて、

「どうぞ」

と、伊右衛門は客間に案内した。

客間で向かい合い、藤十郎は風呂敷の包みを解いた。

「これをご覧ください」

藤十郎は桐の箱から茶碗を取り出した。

伊右衛門は目を剝いている。

「与田さまがお持ちだった黒釉金稲妻の茶碗です」

伊右衛門の前に差し出し、

「どうぞ、間違いないか、お確かめください」

「これは与田さまのものでございます」

「どうか手にお取りください」

藤十郎は強く言う。

仕方なさそうに、伊右衛門は茶碗を摑んだ。

「どうぞ、器の中をご覧ください」

「なぜだ？」

「黒い染みがあります」

「…………」

「血です。与田さまのご妻女の恨みのこもった血でございます」

「なんの真似だ？」

伊右衛門が顔を強張《こわば》らせた。

「お返しに上がりました」

「私のものではない」

「いえ、与田さまはこれを伊右衛門どのにお返しをしたのです。与田さまは妻女の血の染み込んだ茶碗をあなたにお返しししようとしたのです」

「売ったものだ」

「売ったのではありません。あなたがご妻女への思いを遂げるために、与田さまに与えたものです。愚かにも、与田さまはご妻女を差し出して茶碗を手に入れたのです」

「何の話だ」

「おとぼけになりますか」

「なに」

伊右衛門が気色ばむ。

「あなたは以前より与田さまのご妻女に横恋慕をしていた。かねてより、与田さまが黒釉金稲妻の茶碗を欲しがっていたことに目をつけ、与田さまに話を持ち掛けたのでしょう。一晩だけ妻女を差し出せば、念願の茶碗が手に入る。それに目が眩《くら》んで、与田さまはあなたと取り引きをしたのです」

「ばかばかしい」

伊右衛門は鼻で笑い、

「このような戯《ざ》れ言《ごと》につきあっている暇はない」

と、腰を浮かしかけた。

「お待ちください」

藤十郎は鋭い声で引き止める。

「あなたは約束の日、与田さまの屋敷を訪れる。与田さまは用事が長引いて、なかなか屋敷に戻れない体を装い、あなたと妻女だけにした」

「まこと、見てきたような嘘を言いますな」

伊右衛門は冷笑を浮かべ、

「そのような何の証もない話をよく出来るものだ」

「証はその茶碗ですよ。あなたに手込めにされたご妻女は、その茶碗のために自分が売られたことを知り、与田さまとあなたへの恨みを残すために、喉を突いて血を茶碗に溜めたのです」

「………」

「与田さまは改めて己の愚かさを後悔し、そしてあなたへ憎悪をつのらせた。だから、ご妻女の恨みのこもった血で汚れた茶碗をあなたに突っ返そうとして、出入りの行商人の安蔵に持たせた。ところが、途中で、安蔵は紛失してしまった。それで、あなたの非道な振る舞いが白日のもとに晒《さら》されることになったのです」

「よくも口からでたらめを」

伊右衛門は憎々しげに言う。

「まだ、しらを切る気ですか」

藤十郎は蔑むように、伊右衛門を見て、

「あなたはこの茶碗を手元に置き、終生、ご妻女どのに許しを請い続けねばなりません」

「ふざけるな。持って帰れ」

伊右衛門は大声を張り上げた。

廊下から女の声がした。

「旦那さま、だいじょうぶですか」

「客人がお帰りだ」

そう言い、伊右衛門は部屋を出て行った。

「どうぞ」

女中が声をかけた。

「この茶碗を大事にするようにお伝えください」

そう言い、藤十郎は茶碗を置いて立ち上がった。

外に出ると、陽はだいぶ傾いていた。暮れるのは早い。『能代屋』を出たときから、深編笠の侍が尾けてきた。しかし、気配を消しているので、よほど注意しないと尾行には気づかない。

柳原通りから新シ橋に差しかかったとき、編笠の侍がすすっと近寄ってきた。殺気を感じたとき、すでに相手の剣が身に迫っていた。

藤十郎は振り向きながら腰を落とし、思い切り横に飛んで身をかわした。だが、相手はすぐ第二の攻撃をしかけてきた。

藤十郎は相手の懐に飛び込み、腕を摑もうとしたが、相手も身を翻して逃れた。

「何者だ?」

相手は剣を正眼に構えた。一分のすきもない。

「伊右衛門に頼まれたのか」

藤十郎は編笠の内の顔を覗こうとした。だが、相手はやや下を向き、顔を隠すようにした。

職人体の男が橋を渡ってきた。侍はいきなり刀を引き、土手を一目散に逃げて行った。

その後ろ姿が、待田丈太郎と名乗った男に似ているような気がし、姿が見えなくなるまでその場に佇《たたず》んでいた。

五

買い物から帰るのを待って、

「ちょっと出かけてくる」

と、幸三はおゆみに店番を頼んだ。

幸三は新堀川に沿って蔵前のほうに行き、蔵前の通りに出て、鳥越橋を渡って浅草橋方面に足を向けた。

浅草橋の手前に、茅町二丁目がある。最初に店を開いた場所だ。

この町の裏長屋で、幸三はおふさと生まれたおゆみと三人で暮らしていた。幸三は小間物の行商をして、ふたりを養った。

その前は文太郎と隣り合わせで暮らしていたのだ。お互いに金を貯めて、ふたりの店を持とうと希望に燃えて働いた。

その夢を破ったのが文太郎だった。大店の娘に見初《みそ》められ、幸三を見捨ててあっさり婿に入った。

取り残されたほうは惨めだ。幸三は自棄《やけ》になっていき、貯えもどんどん酒に消えていった。そんな幸三を救ってくれたのがおふさだ。

いったんは諦めた自分の店を持つ夢を、おふさと暮らすようになってもう一度蘇らせて情熱を燃やすようになった。

毎日朝早くから夜遅くまで商売で歩きまわり、長屋に帰ると、おふさと幼いおゆみが迎えてくれる。おふさは元々ほれた女だった。ふたりの顔を見れば、疲れはいっぺんに吹き飛んだものだ。

そんなとき、いつも品物を仕入れている『結城屋』の主人富右衛門が思いがけない言葉を投げ掛けてくれたのだ。

「幸三。どうだ、そろそろ店を持っちゃ？」

「そうしたいのは山々ですが、まだ貯えが足りません」

「あと何年かかるんだ？」

「三年以内、いや五年以内に」

「ずいぶん先だな」

「はい。今の私にはそれが精一杯なんです」

養う人間が増えたのであまり金は貯まらないのだ。おふさが働きに出ると言ってくれたが、そこまでさせたくはなかった。

「幸三。どうだ、俺が金を出してやろう」

「えっ、旦那が？」

「そうだ。おめえの頑張りを見ていると、早く店を持たせてやりたいと思うんだ。俺もそろそろ隠居を考える歳になったんでね。俺が元気でいるうちに、おめえに店を持たせてやりたいんだ」

「でも」

「何を遠慮するんだ。店を持てば、売上が上がる。そしたら、少しずつ返してくれればいいんだ」

「旦那」

あまりのありがたさに、涙が出そうになった。

「よし、決まった。じつはな、茅町二丁目の表通りに貸しに出ている店があった。その目で、見てこい」

「はい。行ってきます」

勇躍して、幸三は答えた。

そして、見つかったのは、茅町二丁目の小商いの店が並ぶ通りの一角だった。八百屋と絵草子屋にはさまれた店だ。

貸し店舗の木札を見て、すぐに大家に話をつけに行った。

おふさもその店を見て、気に入ってくれた。こうして、富右衛門の援助で店を持ったのだった。

今、懐かしい店の前にやってきた。三年前まで『四季屋』があったところは荒物屋になっていた。若い男が出てきた。その後ろに若い女。出かけて行く亭主を見送るようだ。若い夫婦が店を切り盛りしている。

昔の自分とおふさを見ているような気がした。

「幸三さんじゃないか」

隣の八百屋から声がかかった。年配の亭主が店から出てきた。

「ご無沙汰してます」

「ご無沙汰じゃねえぜ。引っ越してから、一度も顔を見せねえじゃねえか」

「すみません」

「でも、元気でやっているようじゃねえか」

「とっつあんも元気そうで」

「ああ、ここらはあまり変わっちゃいねえ。といっても、まだ三年だからな」

「三年でも、ずいぶん昔のように思えます」

「そうか。それだけ今が調子いいってことだ。おゆみちゃんはどうしている？　もう嫁に行ったか」

「いえ、まだ」

「なに、まだ？　いくつだ？」

「十七です」

「いい年頃だ。器量がいいから、引く手あまたでたいへんだろう」

「いえ」

　ふと、菊太郎の顔が脳裏をかすめた。

「きょうはどうした？」

「とっつあん、おふさ？　おめえのかみさんだった女か」

「おふさを覚えていますか」

「そうです。最近、この辺りで見かけたことはありませんか」

「いや」

「そうですか」

「ただ、髪がぼさぼさで、着ているものもよれよれで、なんだか薄汚い女がこの辺りをうろついていたが、まさか、おふささんじゃあるまいしな」

「薄汚い……」

「見たのは一度だけだ。おっと、客だ。また、あとで」

　八百屋の亭主は店に戻った。

　幸三は絵草子屋の店先に立った。だが、見知らぬ若い男が店番をしていた。

「旦那は？」

幸三はきいた。

「今、問屋のほうに出かけています」

「そうか。つかぬことを訊ねるが、この辺りを薄汚い女がうろついていたようだが、おまえさんは見かけたかえ」

「そういえば、そんなひとがいました。往来の向こうからこっちをじっと見てました。でも、一度しか見ていません」

「そうか。邪魔してすまなかった」

「あの、旦那には？」

「いい。また、寄せてもらう」

八百屋には新たな客がきていて、忙しそうだった。

幸三はそのまま引き上げた。

薄汚い女とはおふさだろうか。そこまで落ちぶれていたのだろうか。それとも、物貰《ものもら》いの女だったのか。

幸三は気が重いまま、新堀川沿いから下谷車坂町に戻った。

『四季屋』の前に来て、幸三は足を止めた。

店先に、若い男がいた。菊太郎だと思った。幸三は心が騒いだ。

おゆみの顔が見える。おゆみは楽しそうだ。笑顔が弾《はじ》けている。ついぞ、自分には見せたことのない華やいだ笑顔だった。

幸三は胸が締めつけられた。おゆみが急に遠くに行ってしまったような気がした。

何度も深呼吸をし、気を落ち着かせてから、幸三は店に向かった。

「あっ、おとっつあん」

おゆみが言うと、菊太郎も振り向いた。

「お邪魔しています」

菊太郎が挨拶をする。

「ああ」

つい、無愛想になる。

「先日はお店が危ないところを、ありがとうございました」

「なに」

幸三はそのまま奥に行った。

「おとっつあん。どうしたの？」

あわてて、おゆみが追ってきた。

「おゆみさん。私はこれで」

菊太郎の声が聞こえた。その言い方にも親しみが込められていた。

「菊太郎さん。また」

おゆみがまた店に出て行き、菊太郎を見送ってから戻ってきた。

「おとっつあん」

おゆみが心配そうに声をかける。

「いつからだ?」

「えっ?」

「いつから、あの男と?」

「………」

おゆみは俯いた。

「おゆみ、どうなんだ?」

「おとっつあん、聞いて」

「客だ」

店に客の声が聞こえた。

ふたりは急速に親しくなったようだ。よりによって、文太郎の倅と。幸三はいらだった。立て続けに客がきて、おゆみは応対に忙しかった。

やっと手が空き、おゆみが居間にやってきた。

「おゆみ。あの男だけはだめだ」

「えっ、どうして?」

おゆみは悲鳴のような声を出した。

「あの男は文太郎の伜だ」

「おとっつあんの幼馴染みでしょう」

「俺を裏切った男だ」

「だって、どうしても二十両いるというとき、おとっつあん、こう言ったわ。下谷広小路の『花守屋』という鼻緒問屋の主人は俺の幼馴染みなんだ。そいつに相談してみる。きっと助けてくれるって」

「おまえを心配させないためにそう言ったが、仲違いして二十年だ。俺を裏切った男だ。止むに止まれずに頭を下げて二十両の借金を申し入れた。だが、奴は貸してくれなかった。返す当てがあるのかと言いやがった。それから、庄蔵の件で、五十両を借りに行った。やはり、けんもほろろに断られた」

「おとっつあん、それは……」

「わかってくれ、おゆみ」

幸三はおゆみの声を制し、

「俺は文太郎を信じていたんだ。信じるなんてもんじゃない。そういう言葉では言い表わせない。俺と文太郎は一心同体だ。体を刻めば同じ血が流れる。そう思っていた。その文太郎に裏切られたんだ。そのときの俺の気持ちがわかるか。よく、俺は狂い死にしなかったと自分でも不思議に思う。俺は何もかもいやになった」

　幸三は涙ぐむ。

「そんな俺を救ってくれたのがおふさとおまえだ。おふさが身を投げようとしたのに偶然行き合わせ、俺はおふさを助けた。だが、ほんとうはおふさが俺を助けてくれたのだ。あの日、吾妻橋でおふさと出会わなければ……」

「おとっつあん」

「おふさは出て行ったが、おまえを残してくれた。おまえがいてくれたから俺は今日までやってこられたんだ。そのおまえが文太郎の倅と恋仲になるなんて、俺には耐えられないんだ」

「おとっつあん。私は子どもだったけど、おっかさんが家を出て行く前の日、こう言ったの。私たちがこうしていられるのも、おとっつあんのおかげなんだと。おとっつあんがいてくれたから、私たちはお天道様の下で生きてこられたんだって」

「おふさが？」

　幸三は胸を衝かれる思いだった。

「おとっつあんの恩を決して忘れず、おまえはおとっつあんに孝行しておくれって。おとっつあん」

　おゆみがやさしい眼差《まなざ》しで、

「私、菊太郎さんとなんでもないのよ。心配しないで。菊太郎さんともう会いません」

「おゆみ」

「だから、安心して……」

最後に、おゆみは嗚咽をこらえ、逃げるように店に出ていった。

おゆみ、おまえは俺のために……。

激しい後悔の念に襲われた。自分の思いだけで、おゆみの仕合わせを奪おうというのか。そう言う声がどこかから聞こえてきた。

どうして、こんなことになっちまったんだ。幸三は無意識のうちに立ち上がった。

「ちょっと出かけてくる」

おゆみに言い、幸三は店を出た。

再び、新堀川沿いを行き、今度は鳥越神社のほうに向かった。

神社の近くに、小間物問屋『結城屋』がある。家族用の出入り口の前に立ち、幸三は格子戸を開けた。

「お邪魔します」

はあいと返事を伸ばして、女中が出て来た。

「大内儀《おかみ》さんはいらっしゃいますか」

幸三は顔見知りの女中に言う。

「はい。少々お待ちください」

　女中は奥に引っ込んだ。

　すぐに大内儀がやってきた。十年前に亡くなった富右衛門の妻女だ。六十を過ぎているが、まだ元気そうだった。

「幸三さん。お久し振りね」

「すみません。突然、お邪魔して。また、ご隠居さんにお線香を上げさせていただきたいと思いまして」

「さあ、どうぞ」

　大内儀は幸三を仏間に案内した。

　大きな仏壇に、位牌《いはい》がある。大内儀は灯明を上げ、幸三に場所を空けてくれた。

　幸三は仏壇の前に座り、手を合わせる。線香を上げてから、再び手を合わせて、

「ご隠居さん。おゆみが文太郎の倅の菊太郎と親しくなっていたなんて知りませんでした。おゆみは私の気持ちを酌んで、菊太郎とはもう会わないって言ってくれました。これでいいんですかえ。おゆみの仕合わせを奪ってしまったんでしょうか」

　幸三はこれまでにも迷いがあると、富右衛門の位牌に相談した。返事がなくとも、心が落ち着き、冷静な考えが出来るようになった。

　だが、この相談ばかりは、いくら富右衛門でも明快な答えは期待出来ない。

長い間、手を合わせていたが、ようやく幸三は仏壇の前から離れた。

「すまないわねえ。こうして、いまだにお線香を上げに来てくれるのは幸三さんだけよ」

「ご隠居さんには言い尽くせぬほどの世話になりました。私には恩人ですから」

「幸三さんのことを可愛《かわい》がっていたものね」

「はい。お店を持てたのもご隠居さんのおかげです。ご隠居さんにお金を出していただいて……。そのお金もいまだに返せないまま」

「幸三さん」

大内儀は困惑したように、

「違うんだよ」

と、首を横に振った。

「違う？　何がですかえ」

「お金さ」

「…………」

「十年だものね。もういいかしら」

「大内儀さん。お金が違うって、どういうことですか」

「うちのひとから出ているんじゃないんだよ」

「どういうことなんです？」

幸三の胸に波風が立った。

「あのお金の出所は文太郎さんだよ」

「なんですって」

あまりのことに、幸三はのけ反りそうになった。

「大内儀さん、詳しい話をしてください。ご隠居さんが出してくれた金は文太郎から出ていたと言うんですか」

幸三は自分の声が震えているのがわかった。

「そう。ある日、文太郎さんがやって来てね。お金を出して、これを旦那からと言って幸三に渡してくれないかと。なぜ、自分で渡さないのだときくと、文太郎さんはこう言ったんだよ。幸三は私を裏切り者だとして恨んでいる。私からだと意地でも受け取らない。だから、旦那から渡してくれと」

「そんな……」

「そのとき、文太郎さんはこう言っていたよ。ふたりで店を持ったとしても、お互いの商売のやり方が違ってきたら仲違いになってしまう。それに、いくらふたりで頑張ったって、店を持てるかどうかわからない。だから、『花守屋』の婿になる決心をしたって。おそらく、幸ちゃんは俺を許さないだろう。でも、俺が『花守屋』の主人になれば、幸ちゃんを金銭面で陰で支えてあげられるからと。その代わり、幸ちゃんとは仲違いをしなくちゃならないけどって寂しく言っていたわ」

幸三は目が眩んだ。

「幸ちゃんの店は、俺にとっての夢でもあると言ってたよ」

「知らなかった。ちっとも知らなかった。俺ってやつはなんてばかだったんだ……」

胸の底から突き上げてくるものがあった。幸三はとうとう堪えきれなくなって畳に突っ伏した。

第四章　償い

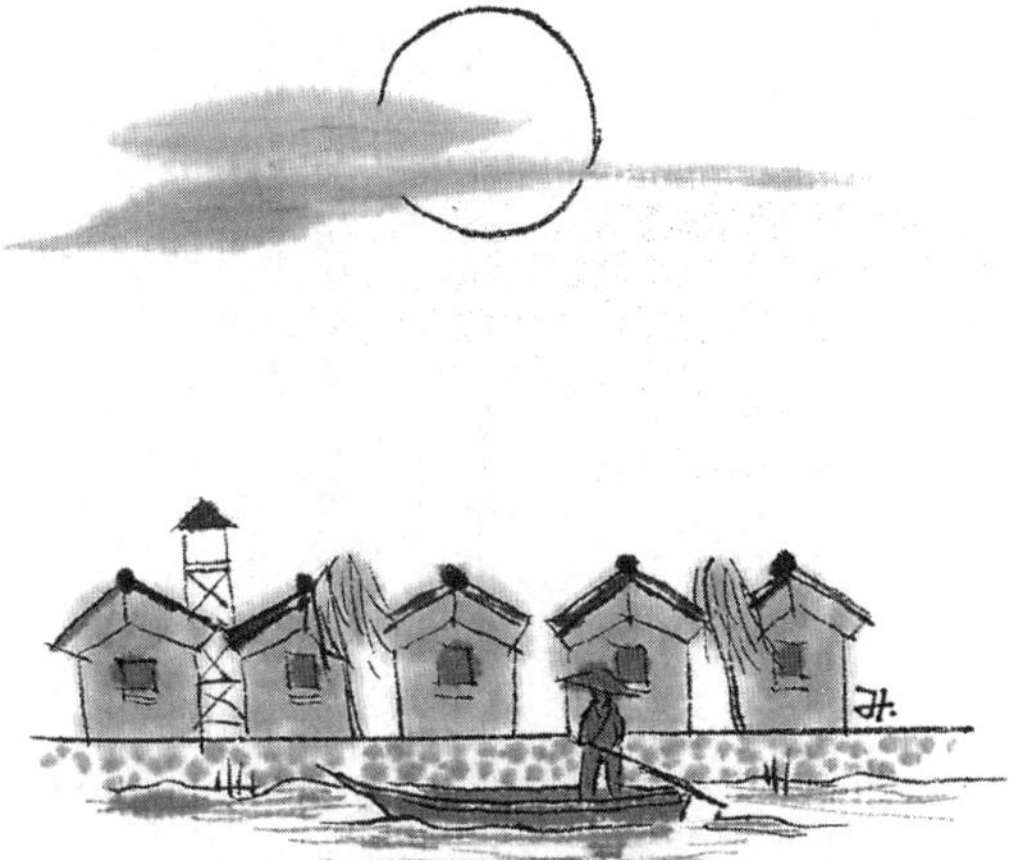

一

藤十郎は北森下町を抜けて小名木川、仙台堀を越えて万年町にやってきた。

朝の五つ半（午前九時）をまわっているが、悪太郎長屋はまだ夜中のように、どこも寝入っているのか静かだった。

寝たのは明け方近いからだろう。とば口に近い住いから、頬に傷のある男が出て来た。

ぎょっとしたように、男は藤十郎を見た。

「庄蔵のところだ」

藤十郎が言うと、後退るようにして、男は厠《かわや》に向かった。

藤十郎は庄蔵の住いの腰高障子に手をかけた。

「庄蔵さん」

と、呼びかける。

「誰でえ」

寝床で癇癪《かんしゃく》を起こしたような声がした。

戸を開け、藤十郎は土間に入り、

「私だ。この前、会った藤十郎だ」

がばっと、庄蔵は跳ね起きた。

「なんでえ、何しにきた？」

庄蔵は身構えて言う。

「確かめたいことがある」

「なんだ？」

「この前、きいたことだ。『四季屋』から手を引いたわけだ。『花守屋』の主人と会ったとき……」

「待て。富岡橋で待っててくれ」

庄蔵はあわてて言う。

薄い壁で声が筒抜けだ。隣に話を聞かれたくないのだろう。

「わかった」

藤十郎は土間を出て、富岡橋の袂へ向かった。

ゆうべ、『万屋』に幸三がやってきて、庄蔵の居場所を教えて欲しいと言ってきた。だが、堅気の人間がへたに足を向けるような場所ではないからと、藤十郎が代わったのだ。

眠そうな顔で、庄蔵がやって来た。

「早くすませてくれ」

「よし。最前と同じ問いだ。おまえさん、『花守屋』の主人から五十両を受け取ったのではないか」

「よせよ。違うと言ったはずだ」

「ほんとうだな」

「ああ」

「では、長屋の連中に、最近、おまえの金遣いが荒くないか、きいてみる」

そう言い、藤十郎は長屋に向かいかけた。

「待てよ」

庄蔵はあわてて引き止めた。

「正直に言うんだ。五十両もらったな？」

「………」

「誰にも言わない。ここだけの話だ」

「仲間内には内緒なんだ」

庄蔵はやっと認めた。

「だから、もらわないと言い張ったのだな」

「『花守屋』の主人からも、金を払ったことを誰にも言わないようにと頼まれたんだ。こっちも、仲間に知られると分け前を取られるから内証にしたんだ」

「金は五十両か」

「そうだ。ちょっきり、五十両だ。あの旦那、ずいぶん気前がよかった」

「その五十両はどうした？」

「博打の負け金の返済でほとんど消えた。派手に遊んで仲間に疑《うたぐ》られてもまずいので、遊びには使ってない」

「だが、少しは残っているんじゃないのか」

「まあ」

「心配するな。取りあげたりしない。ただし」

藤十郎は厳しい口調で、

「金がなくなってまたせびろうとしたら、今度は容赦しない」

「わかっている。『花守屋』の主人とも約束した。俺には娘はいないと」

「そうか。ならいい」

藤十郎は庄蔵を解放した。

再び、来た道を戻ろうと思ったが、ふと気になったことがあり、佐賀町にある骨董屋の『竹林堂』に足を向けた。

伊右衛門のところに強引に置いて行ったが、素直に茶碗を手元に置いておくとは思えなかった。

念のためにという思いで、『竹林堂』にやって来た。

店先に立った。正面の棚に黒光りする茶碗が飾ってある。店番をしていた主人の中次郎に声をかける。

「その茶碗はどうしたんですね」

藤十郎はきく。

「去年、あるお武家の妻女が持ち込んだものでございます」

「その話は前回ききました。ほんとうのことを聞きたい」

「あんたは……」

はっとして驚いたあと、中次郎は色白のにやけた顔に苦笑を浮かべた。

「ひとが悪いな」

「黒釉金稲妻の茶碗です。誰が持ってきた？　安蔵さんですか」

安蔵は山椒魚の黒焼の妙薬を売り歩く行商人だ。

「『能代屋』の旦那から、茶碗を始末してくれと頼まれたそうですが、割ることも出来ず……」

「不吉な茶碗であることを承知の上でですか」

「確かに血のような汚れがあります。でも、黙っていれば、わかりませんので」

「売れたら、安蔵と山分けですか」

「まあ」

「血で染まった茶碗で茶を飲むことになります。そのことを説明して売らないとまずいのでは？」

「ただ、眺めるだけにするように注意書きをつけますか」

中次郎はため息をつく。

「安蔵は『能代屋』にも出入りをしているのですか」

「そうです」

「安蔵の住いはどこですか」

「近くです」

「教えてください」

藤十郎は安蔵の住いを聞いて、近くの長屋に向かった。この時間では、すでに仕事に出かけたかもしれないと思いながら、長屋木戸を抜けた。

赤子を背負って井戸端で大根を洗っている女に、安蔵の住いを訊ねた。

「一番奥です。さっき、帰って来ましたよ」

「ありがとう」

礼を言い、そこに向かう。

藤十郎は腰高障子を開けて、

「安蔵さんのお宅ですか」

と、声をかけた。

「誰でえ」

「私は骨董屋の中次郎さんにお聞きして、安蔵さんに会いに来た藤十郎と申します」

「ああ、あの茶碗のことでか」

中次郎から聞いていたようだ。

安蔵は丸顔で目尻が下がっている。三十前後だ。部屋で何か薬のようなものを紙に包んでいた。

「それは？」

「妙薬よ」

安蔵は答えてから、

「なんでえ、俺に？」

と、紙に包む作業を続けながらきいた。

「あの茶碗、『能代屋』の旦那から始末するように頼まれたそうですね」

「そう。ふつうなら高値で売れるものだけど、汚れているので、中次郎のところに持って行ったんだ。それがどうかしたか」

「最初は旗本の与田さまから能代屋に返すように頼まれたのを不忍池の弁天堂で紛失したということでしたね」

「そうよ。あんときは焦った。でも、与田さまも旦那も茶碗にはなんら執心がないんで、叱られずに済んだ。ところが、いつの間にか、『能代屋』の旦那の手元に戻っていたんだ。するってえと、旦那は俺に今度はどこかで始末してこいと。売れたら、金はおまえにやるって言われた」

そう言ってから、安蔵は顔を上げ、

「あの茶碗のことで、なんかいちゃもんでもつけにきたのか」

と、睨みつけた。が、目尻が下がっているせいか、それほど睨みに凄味はなかった。

「そうじゃありません。お訊ねしたいのは『能代屋』のことです。安蔵さんは、いつごろから『能代屋』に出入りをしているんですか」

「もう四、五年になるかな。腹痛を起した内儀さんがたまたま俺の薬を呑んでたちまち回復したので、それから出入りを許されている」

「それですか」

安蔵の手元を見てきく。

「まあな」

「『能代屋』に侍が居候しているかどうかわかりませんか」

「侍？」

安蔵は目を細めた。

「いるんですね」

「何度か見かけたことがある。用心棒だ。離れに住んでいる」

「離れに？」

『万屋』の離れにいる如月源太郎と同じだ。

「どんな顔かわかりますか」

「細面で、鼻筋が通って、ちょっといい男だ。酒と女好きだ。湯島天満宮の近くにある料理屋の女に熱を上げているようだ。そういえば、さのう、編笠をかぶって、下谷広小路で立っているのを見た」

「下谷広小路で？」

「ああ、料理屋に行くのにあんなところは通らないだろうが」

「何かしていたのですか」

「いや、ただ突っ立っていた」

新しい獲物を探していたのだろうか。しかし、そこは先日失敗した『花守屋』がある。もう一度、『花守屋』を狙うとは思えないが……。

「ところで、『能代屋』は古着屋ですね。扱うのは古着だけですか」

「新しい着物もあるけど、古着が主だ」

「小間物とか鼻緒などは？」

「それは、内儀さんの弟がどこかで、小間物と鼻緒を売っている店を出しているって聞いたことがある」

「弟さんが？」

「又聞きだから、はっきりした話じゃねえ」

「弟さんの名はわかりますか」

「沢次郎《さわじろう》とかいう名だったと思うけど」

安蔵は自信なさげに答える。

「店がどこにあるか聞いていないのですね」

「そこまで聞いちゃいねえ。小間物と鼻緒を売っているっていうが、ひとつの店で両方売っているのか、弟がふたつの店を持っているのかはわからねえ」

安蔵は不思議そうな顔をして、

「いってえ、あんた、そんなことを聞いてどうするんだ？」

「たいした意味はありませんよ」

「そうかな」

安蔵は首を傾げる。

「どうも長い時間、お邪魔しました。あの茶碗、伊右衛門さんに返したらいかがですか」

「冗談言うな」

安蔵は渋い顔をした。

藤十郎は深川から浅草に戻り、下谷車坂町に行った。

車坂町にやってきたとき、寺の参道を小走りに山門に向かうおゆみを見かけた。藤十郎が目をやると、山門に若い男が立っていた。確か、『花守屋』の菊太郎だ。

藤十郎は『四季屋』に向かった。幸三が店番をしていた。

「どうでしたか」

幸三は真剣な眼差しできいた。

「庄蔵は金をもらったことを認めました。菊右衛門さんから黙っているように言われたのと仲間内に金を手に入れたことを知られたくないので黙っていたということです」

「そうでしたか」

幸三は顔面蒼白《そうはく》になった。

「どうしました？　顔色が悪いですよ」

「だいじょうぶです」

「それにしても、なぜ、お金を払ったことを菊右衛門さんは黙っていたのでしょう」

　藤十郎は幸三の顔色を見た。

「さあ」

「菊右衛門さんの心配りだとしか思えませんね。五十両という大金を肩代わりしたと知ったら、幸三さんに大きな負担になる。これから先、何年もかかって金を返そうとするあなたを見るに忍びなかったのではないでしょうか。それだけでなく、仲違いした相手から施しを受けたという屈辱をあなたに与えたくなかったんだと思います」

　藤十郎は自分の考えが間違いないと思っている。

「あの日、わざわざ菊右衛門さん、あなたからすれば文太郎さんですが、文太郎さんはわざわざ庄蔵に会いに来たのです。あなたの危機を救おうとして乗り出してきた」

「………」

「あなたは仲違いをしたと思っていますが、文太郎さんはいまでもあなたを親友だと思っているんじゃないですか」

「でも、文太郎は俺のことを突き放すようにしたんだ」

「親友だからですよ。あなたは文太郎さんを恨み続けている。文太郎さんはあなたの許しを得ることは無理だとわかっていた。あなたの恨みを買い続け、仲違いしたままでいても、陰であなたを支えようとした、いえ、これまでもずっと支えてきたんだと思います。ただ、そのことを知ったら、あなたは反発するかもしれない。自尊心を傷つけられて、打ちのめされたようになるかもしれない。いずれにしろ、あなたを苦しめることになる。だから、あなたとは仲違いのままできたのではないでしょうか」

「仰るとおりです。私は『結城屋』の大内儀さんから、私が店を持ったときのことを聞きました。当時の旦那がお金を出してくれたとばかり思っていたら、ほんとうは文太郎が出してくれていたんです。私は知りませんでした」

　幸三は涙ぐんでいる。

「あなたも辛かったでしょうが、この二十年、文太郎さんも辛かったはずです」

「私はばかだ。自分のことしか考えられなかった。文太郎の思いに至ることが出来ず、この二十年を無駄にしてきた。みんな、私の至らなさのせいです」

「あなたにしたら、無理もありません」

　藤十郎はなぐさめた。

「いえ。今の私ならわかります。あのとき、文太郎が『花守屋』に婿に入ると聞かされたとき、どうして親友の仕合わせを素直に喜んでやれなかったのか。親友なら、自分のことはさておき、祝福してやるべきでした。祝言にも出て、祝ってやる。それが、親友ではないんですか。それを私は拗《す》ねて、妬み、自分の思い通りにならなかったことで逆恨みした。私はなんという愚かな人間なんでしょう。自分の狭量さからこの二十年を無駄にしてきた」

　幸三は呻《うめ》くように言い、

「文太郎は拾った財布を正直に届けた。その正直さを買われ、『花守屋』の婿に望まれた。それに引き換え、私は拾った茶碗を自分のものにしてしまったんです。私はだめな人間なんです。文太郎の足元にも及ばない」

「そうじゃありません。あなたは詐欺にあって、切羽詰まったありさまだった。やむを得なかったのです。きっと、不忍池の弁天さまがあなたを守ってくれたのかもしれません」

「もしかしたら……、弁天さまではなく、観音さまだったかも」

「観音さま？」

「おゆみが幼い頃、おふさと三人でよく浅草寺にお参りに行きました。おふさがいなくなったあとも、何度か救いを求めに観音さまに行きました。『万屋』さんから二十両を手に入れた夜、私は良心が咎めてなかなか寝つけませんでしたが、いつしか寝入って夢を見たんです。枕元に誰かが立ってました。今から思うと、観音さまだったのかもしれません」

　幸三は目を見開いて、

「おゆみが帰ってきたら店番を代わってもらい、文太郎に会ってきます。そして、これまでのことを謝ります」

と、決然と言った。

「幸三さん」

藤十郎は静かに異を唱える。

「しばらく、あなたは文太郎さんの陰の尽力に気づかないふりをしてあげたほうがいいと思います」

「どうしてですか」

「文太郎さんは、金を出してあげたからといって仲直り出来るとは思っていなかったはずです。それだったら、あなたがお金を借りに行ったとき、素直に貸してくれたはずです」

「…………」

「文太郎さんは文太郎さんのやり方であなたを陰で支えながら、別な形であなたとの和解を目指しているのかもしれません」

「では、どうすれば？」

「文太郎さんが陰で助けてくれたことは、あなたは知らないことにしたほうがいいでしょう。五十両を貸した側と借りた側、そういう関係でなく、文太郎さんはあなたとはあくまでも対等な間柄でいたいのだと思います」

「では、今までどおりに接しろと言うのですか」

「そうです」

「それなら、ずっとこのままじゃありませんか」

「いえ、おゆみさんがいるじゃありませんか。文太郎さんのほうには菊太郎さんがいます。ふたりはかなり親しいのではありませんか」

「でも、おゆみは私の気持ちを慮《おもんぱか》って、菊太郎さんを諦めると……」

「いえ、男のほうがそう簡単に諦めるとは思えません」

さっきのおゆみと菊太郎の姿を思いだしながら、藤十郎はこのふたりが親同士の不和をとりなしてくれる助けになるような気がした。

藤十郎は幸三と別れ、『万屋』に帰った。ちょうど、源太郎といっしょになった。

「また、呑んでいるのですか」

「暇だからな」

ふと、待田丈太郎と名乗った侍が下谷広小路にいた話を思いだした。

「如月さん。ひとつお願いしてよろしいですか」

「おう、ありがたい。なんでも言ってくれ」

源太郎は意気込んで答えた。

二

藤十郎が引き上げたあと、おゆみが帰ってきた。

だが、戸口で立ったまま、入ろうとしない。

「おゆみ、どうしたんだ?」

幸三は声をかけた。

「おとっつあん」

おゆみが振り返った。

菊太郎が現われた。

「菊太郎さん……」

「おとっつあん。菊太郎さんが話があるって」

「話……」

幸三は息を吞んだ。藤十郎の言葉が蘇る。

しかし、幸三はわざと突っぱねる。

「おゆみ。いつお客さんが来るかもしれないんだ。話はあとにしてもらおうか」

「わかりました。夕方にまた出直します」

菊太郎は会釈をして去って行った。おゆみが見送りに行き、しばらくして戻ってきた。

「どうした、おゆみ。もう、あの男とは会わないって言っていたんじゃなかったか」

「ええ」

おゆみは俯く。

「いつからだ？」

「えっ？」

「あの男と親しくなったのは？」

「このひと月です。でも、半年前からちょくちょくやって来て小間物を買ってくれていたんです」

文太郎の言いつけでやって来たのだろう。文太郎の野郎。そんなことにまで気をつかいやがって、と幸三は胸が熱くなった。

「おとっつあん。私……」

「言うな。わかっている。あの男の嫁になりたいんだろう」

幸三はぶっきらぼうに言う。

「ごめんなさい。菊太郎さんに、もう会えないと言ったんです。でも、菊太郎さんは絶対におとっつあんを説き伏せるって」

「『花守屋』は大店だ。こんな、吹けば飛ぶような店の娘とでは格が違いすぎる。先方のふた親が許すはずがない」

「いえ、菊太郎さんの親御さんは、おまえが選んだ娘なら反対しないって言ってくれたそうなの」

幸三は言葉に詰まった。藤十郎の言葉が耳朶《じだ》に残っている。

五十両を貸した側と借りた側、そういう関係でなく、文太郎さんは、あなたとはあくまでも対等な間柄でいたいのだと思います、と藤十郎は言った。

「でも、私、菊太郎さんのお話はきっぱりお断りするつもりよ」

「話はあとだ。店番をしてくれ」

「はい」

おゆみは素直に幸三と代わった。

幸三は居間で文太郎とのいきさつを考えてはため息をついた。

俺が出来ることってなんだ。どうしたら、文太郎と素直に心を通わせられるのだ。藤十郎の言うように、金を出してもらったから、娘を嫁にもらってもらうから、文太郎に頭を下げたと思われたら、それはほんとうの仲直りではない。真の友に戻るなら、対等にならねばならない。

いい考えが浮かばず、胸をかきむしりたくなった。

夕方になって、菊太郎がやって来たとき、幸三は酒を呑んでいた。呑まずにはいられなかった。

「おとっつあん。いい」

おゆみが菊太郎を居間に招じた。

「すみません」

菊太郎は幸三の前で畏まった。

「おゆみを嫁にもらいたいそうだな。こんな吹けば飛ぶようなちっぽけな店の娘を嫁にするより、大店の娘をもらったほうが、『花守屋』にとってもいい。そうじゃないか」

「私の気持ちをお聞きください」

菊太郎は気負ったように言う。

「大店であろうが、そうでなかろうが、そんなもの私には関わりありません。私にとっておゆみさんはなくてはならないおひとなんです。きっと、おゆみさんを仕合わせにしてみせます。どうか、おゆみさんを私の嫁に……」

「おゆみはどうなのだ？　いっしょになりたいのか」

幸三はきく。

「…………」

おゆみからすぐに返事はない。

「どうした？」

「私がお嫁に行ったら、おとっつあんが困るものね。店番だっていなくなるし。だから、ほんとうは無理だと思っているわ」

「おゆみさん。何を言うんだ」

菊太郎が叱りつけるように言う。

「でも」

おゆみは泣きそうな顔になった。

店のほうで微かに物音がした。戸は閉めたし、客が来るはずはない。

「おゆみ。正直に言うんだ。ほんとうはいっしょになりたいのか」

「はい」

おゆみは小さく頷いた。

「わかった」

幸三は呟くように言ってから、

「本気で好きなら、嫁に行け」

「えっ、いいの？」

「いい。その代わり、おとっつあんと縁を切って行け」

いきなり、幸三は乱暴に言った。

「えっ、今なんて言ったの？」

「聞こえなかったのか。親子の縁を切っていけばいいんだ」

「なんてこと言うの」

おゆみは悲鳴のような声を上げた。

「もともと、俺とおめえは血のつながりはねえんだ。このまま縁を切ったって、どうってことねえ」

「おとっつあん、どうしたの？」

おゆみは顔色を変えた。

「どうしたも、こうしたもねえ。もうここらで、俺も気楽になりたいと思っていたところだ」

「待ってください。それじゃ、おゆみさんが可哀《かわい》そうです。おゆみさんはあなたにも祝ってもらいたいんです。おとっつあんに寂しい思いをさせたくない。いつも、そう言っていたんです」

菊太郎が訴えた。

「俺のことなんかいい。自分のことだけ考えればいい。みんなそうだ。みんな自分のことだけだ。どうせ、俺は親しい人間に見捨てられるように出来ているんだ。菊太郎さん。今からでも、おゆみを連れて行ってくれ」

突然、がたっと物音がして、誰かが現われた。

「文太郎か」

幸三は口許を歪めた。

「幸三。聞いていたが、てめえの身勝手さに呆れ果てた。今まで、俺はぐっと抑えてきたが、もう我慢ならない」

文太郎は怒りを露にした。

「何、我慢してきたって言うんだ」

幸三は文太郎の怒りを煽《あお》るように言う。

「おまえは、菊太郎が俺の倅だから気に食わないのか。俺の倅だから嫁にやりたくないのか。そうじゃない。おまえはおゆみさんを手放したくないだけだ。自分の都合しか考えていないのだ」

「…………」

「なぜ、おゆみさんの仕合わせを喜んでやらないのだ。おまえのそんな性分のために、俺はこの二十年間苦しんで来たんだ。わかるか」

文太郎は激しくまくし立てる。

「俺が『花守屋』の婿になるってときも、どうして俺の仕合わせを喜んでくれなかったんだ。自分だけ取り残されたと拗ねやがって。自分のことばかり考えて、俺を裏切り者呼ばわりして。おい、なんとか言え」

文太郎が幸三の襟首を摑んで激しく揺さぶる。

「俺はな。ふたりで店を持つのは無理だと悟ったんだ。そんなとき、降って湧いたような縁談があった。俺が『花守屋』の婿に入れば、おまえに店を出す元手を出してやることも出来るかもしれない。そう思ったんだ。だが、おまえは俺を裏切り者呼ばわりした。自分のことしか考えないからだ。そんなおまえのいやしい性根が周りを不仕合わせにするんだ。そんなおまえの曲がった根性を叩き直してやる」

いきなり、鉄拳が頬に飛んできて、幸三は仰向《あおむ》けに倒れた。激しい痛みが脳天にまで達した。さらに、文太郎は馬乗りになった。

「やめて、おじさま。おとっつあんが可哀そうです」

「この男はこれぐらいのことをしなきゃ、目が覚めない」

文太郎は荒い呼吸で言う。

「おゆみ。いいんだ。文太郎の言う通りだ。さあ、殴ってくれ」

「よし」

文太郎はもう一度拳を頬に打ちつけた。痛みに耐えながら、これでいいんだ、これでいいんだと思いながら、幸三は気を失った。


目が覚めたとき、窓の外が暗くなっていた。

「おとっつあん、痛みはどう？」

行灯に灯を入れて、おゆみが顔を覗き込んだ。

「もうない」

幸三は答えた。

「もう、夜か。ずっと寝ていたのか。気を失ってしまったか」

「ええ」

「文太郎たちはあれからすぐ引き上げたのか」

「はい。でも、驚いたわ。おじさま、いきなり殴り掛かるんですもの。おじさま、おとっつあんを殴りながら泣いていたけど」

「そうか」

幸三はしんみり言う。

「きょうのおとっつあん、びっくりしたわ。だって、ひとが変わっちゃったんですもの」

おゆみは悲しそうな声で言う。

「驚かせてしまったな。だけど、もうだいじょうぶだ。心配ない」

「ううん。もういいの」

おゆみは泣き笑いの表情を浮かべた。

「もういいって何がだ？」

「私、まだ当分、お嫁に行かないわ」

「おゆみ……」

「ごめんください」

店のほうから声がした。

「あっ、おじさまの声だわ」

おゆみが迎えに出た。

文太郎がやって来た。

「どうだ？」

枕元に座って、文太郎はきく。

「すまなかった。乱暴して。あのあと、菊太郎からも叱られた」

「………」

「今、話が出来るか」

「ああ」

「頼みがあってきた。おまえが俺を恨んでいることは重々承知だ。俺の顔を見たくないという気持ちもよくわかる。だが、子どもたちのことは、親と関係ない。そうじゃないか」

「………」

「どうだ、菊太郎とおゆみさんとの結婚を許してやっちゃくれないか。おまえから大事な娘を取りあげてしまうことになる。さぞかし、はらわたが煮えくり返る思いだろう。俺をどんなに恨んでもいい。だから、ふたりを……」

幸三は胸の底から突き上げてくるものをぐっと堪えた。

「幸ちゃん。すまなかった。おめえを裏切った俺がこんなことを頼んでも面白くないだろうが、このとおりだ」

文太郎が後退って畳に手をついて頭を下げた。

だが、幸三はじっと天井を見つめたまま、口を開こうとしなかった。口を開けば、泣き声になりそうで堪えていた。

「おじさま。ごめんなさい」

おゆみが文太郎に声をかけた。

「いや、いいんだ。また、来よう」

文太郎は立ち上がって部屋を出て行こうとした。

「文ちゃん」

やっと幸三は声を出した。

文太郎がはっとしたように振り返った。

「文ちゃん、すまなかった。俺が悪かった。みんな俺が悪かったんだ」

文太郎が枕元に戻ってきた。

「幸ちゃん」

幸三は手を差し出した。その手を、文太郎が握ってきた。

「文ちゃん、すまなかった」

また、幸三は謝り、

「文ちゃんの拳、効いたよ」

と、続けた。

「すまなかった」

「いや、文ちゃんに叱られながら、俺はうれしかったんだ。文ちゃんの言うとおりだ。俺は恥ずかしい。文ちゃんの仕合わせをどうして素直に喜んでやれなかったのか。俺は自分のことしか考えていなかったんだ」

「いや、幸ちゃんが悪いんじゃない。俺だって身勝手だ。自分だけ、いい思いをしてな」

「違う。俺は文ちゃんが取られたと思って拗ねていたんだ。俺は恥ずかしい」

幸三は哀願するように、

「なあ、文ちゃん。おゆみを菊太郎さんの嫁にもらってくれるか」

「もちろんだ。こっちからお願いしたいくらいだ」

文太郎は強く手を握り返した。

「すまない」

「これで、俺たちは親戚だ。この二十年遠回りしたけど、これからは昔のようなつきあいが出来る」

「そうだな」

幸三は穏やかな気持ちになった。

「じゃあ、俺は行く」

「もう帰るのか」

「また、来る」

「おゆみ」

幸三はおゆみを呼んだ。

「帰るそうだ。お見送りをして」

「はい」

おゆみと文太郎は部屋を出て行った。

天井を見つめながら、うまくいったとほっとした。

夕方、途中で文太郎が来ていることに気づいた。それで、とっさにあのような暴言を吐いた。

藤十郎が言うように、金の肩代わりの件は知らないことにしたほうがよいと思った。仲直りのうまいきっかけを探していたところだった。

おゆみはさぞかし驚いただろうが、効果はてきめんだった。芝居をしたという後ろめたさはあるが、文太郎と心が通じ合ったのだ。

おゆみが戻ってきた。

「へんだわ」

「どうした？」

「おじさまが引き上げたあとに、編笠のお侍さんが歩いて行ったんだけど、なんだかおじさまのあとを尾けているみたいなの」

「なんだと」

幸三は起き上がった。

「おとっつあん、どうしたの？」

「胸騒ぎがするんだ。文太郎を追いかける」

幸三はよろけて柱につかまった。

おゆみに手をとられ、外に出た。夜気に当たり、気持ちがしゃきっとした。

「もう、だいじょうぶだ」

幸三は上野山下のほうに向かって駆けた。

下谷広徳寺の前の通りに差しかかったとき、前方の暗がりに編笠の侍を見た。その前に、文太郎の姿があった。茶店も店を閉め、辺りはひと通りが少なかった。

あっと思った。いきなり、編笠の侍が刀を抜いて、文太郎に迫った。

「文ちゃん」

幸三は絶叫しながら駆けた。

刀が振り下ろされたのがわかった。

「文ちゃん」

幸三は立ちすくんだ。

編笠の侍が路地に逃げた。そのあとを、黒い影が追った。

文太郎がひとり、取り残されたように立っていた。

「文ちゃん」

幸三が駆け寄る。

「だいじょうぶか。怪我は？」

「ない。助けてくれた浪人がいた」

「浪人？」

そこにその浪人が戻ってきた。

「逃げられた」

浪人が舌打ちをする。

「危ういところをありがとうございました」

「なあに、礼には及ばぬ。また、途中で襲ってくるかもしれない。送って行こう」

「もし」

幸三は浪人に声をかけた。

「あなたさまは？」

「俺は如月源太郎だ。藤十郎どのに頼まれた」

「藤十郎さまに？」

「そうだ。あの侍は、先日、詐欺を見破られた恨みを菊右衛門どのに向けているのだ。ぼろ布を摑まされて恨んでいる。とんだ逆恨みだ」

「やはり、あのときの侍でしたか」

幸三は不快そうに言う。

「もう、襲ってくる心配はないと思うが、送っていこう」

「わかりました」

文太郎は幸三に顔を向け、

「幸ちゃん、心配して駆けつけてくれたのか」

と、微笑んだ。

「ああ、よかった」

「じゃあ、また」

幸三は、源太郎に守られながら去って行く文太郎を姿が見えなくなるまで見送った。

三

その頃、岡っ引きの吾平が『万屋』に来ている。

「確かに、『能代屋』の主人伊右衛門に沢次郎という弟がおりました。ただ、伊右衛門の弟ではなく、芸者上がりの内儀の弟です」

昼間、源太郎に菊右衛門の警護を頼んだあと、吾平に会い、『能代屋』について調べてもらったのだ。

「沢次郎の店は本郷にありました。『ふたつ屋』という小間物と鼻緒を売る店です。かなり、安いので繁盛してました」

「沢次郎に会ってきたのですか」

「いえ、へたに動いて警戒されてもまずいと思い、店の前を通っただけです。奉公人がふたりいましたが、『花守屋』に現われた中間に似ています。ただ、はっきりそうだとは言い切れないのですが」

「そうですか。明日、幸三さんにも見てもらいます」

「それから、『能代屋』の離れに居候している侍は真家市次郎《まやいちじろう》と言い、西国の大名家に仕えていたそうです」

「真家市次郎ですか」

襖の向こうから敏八が声をかけた。

「如月さまがお出でです」

「通して」

「はい」

しばらくして、源太郎が入って来た。

「親分もお出でか」

そう言い、空いている場所に腰を下ろす。

「何かありましたか」

藤十郎はきいた。

「編笠の侍が菊右衛門を襲った」

「えっ、『花守屋』の菊右衛門ですかえ」

吾平がきき返す。

「そうだ。店を出たときからずっと尾けて、機会を狙っていた」

「おそらく、真家市次郎という侍です」

「真家市次郎？」

「知っていますか」

「噂《うわさ》に聞いていた。伊勢のほうにある大名家の剣術指南役の倅で、剣の天才と謳《うた》われた武士がいた。女癖が悪くて放逐されたという噂だ」

「剣の天才ですって？」

吾平がきく。

「うむ。だが、今は荒んだ剣だ。真家市次郎の居場所はわかるのか」

「神田須田町にある『能代屋』の離れにいるそうです」

藤十郎は教えた。

「そうか」

源太郎は黙って立ち上がり、部屋を出て行った。

「如月さん。どうなさったのでしょうか」

「さあ」

藤十郎は首を傾げたが、ふたりは同じ御家《おいえ》に仕えていたのではないかと思った。

翌日、藤十郎は幸三といっしょに本郷にやってきた。『ふたつ屋』という小間物と鼻緒を売る店は加賀前田家の上屋敷の近くにあった。前田家にも出入りをしているのかもしれない。

店先に奉公人がいたが、『四季屋』から品物を運んで行った中間のひとりに似ていると、幸三は答えた。

「じゃあ、ちょっと見てきます」

幸三は店に入った。藤十郎は外から様子を窺う。

幸三は簪を見せてもらっていた。やがて、幸三は出てきた。

「間違いありません。私のところからだまし取った簪が売られてありました。それから、もうひとりの奉公人が奥から出てきましたが、うちの店に現われた男です。鼻の横に黒子がありました」

幸三は怒りを蘇らせて言う。

「とっつかまえますか」

「いえ。しらっぱくれるでしょうから、もう少し、調べを固めたほうがいいでしょう。ともかく、吾平親分に知らせましょう」

藤十郎と幸三は引き上げた。

帰り道、藤十郎はきいた。

「菊右衛門さんと仲直り出来たそうですね」

「はい。おかげさまで。おゆみと菊太郎さんのおかげです」

「では、おゆみさんの嫁入りが決まったのですね」

「はい。来春に」

「それはおめでとうございます」

「でも、寂しくなります」

「そうですね。でも、いつか子どもは巣立って行くものです。その後、おふささんのことで何か」

「いえ。昔、住んでいた茅町に行ってみたら、貧しい身なりの女が現われたそうですが、おふさだったかどうかわかりません」

幸三はしんみり言い、

「おふさも不憫《ふびん》な女です。男に振り回されて一生を終えるのでしょう」

「おゆみさんは、その後、おふささんのことは？」

「あれから口にしていません。でも、心の中では、自分の花嫁姿を見てもらいたいと思っているのでしょう」

下谷車坂町に差しかかり、幸三と別れ、藤十郎は東本願寺前から田原町に帰ってきた。

『万屋』に入ると、敏八が、

「さきほど、吾平親分が近田さまとやってきました。自身番で待っているそうです」

と、伝えた。

「わかった」

「それから、如月さまが探していらっしゃいました」

「離れにいるのか」

「いえ、お出掛けになりました」

「出掛けたのか」

何の用だったのだろうと気になりながら、藤十郎は自身番に向かった。

玉砂利を踏む音に、吾平が振り向いた。上がり框に腰を下ろしていた同心の近田征四郎も立ち上がった。

「いかがでしたか、『ふたつ屋』は?」

「幸三さんに確かめてもらいました。『四季屋』からだまし取った簪が置いてあったそうです」

藤十郎は答え、

「まず、間違いないと思いますが、同じ簪があっただけでは証拠として弱い。何か他に言い逃れ出来ないものがあれば」

「奉公人が荷をとりにきた中間に似ているんだ。それで十分だ」

近田征四郎が息巻く。

「捕まえて取調べで口を割らせればいい」

「あくまでも狙いは『能代屋』の伊右衛門と沢次郎です。へたに動いたら、奉公人が勝手にやったことにして、自分たちは安全な場所に逃げ込んでしまいかねません」

藤十郎が危惧しているのは、真家市次郎と『ふたつ屋』のふたりの奉公人が勝手にやったことで、自分たちはまったく関係ないと伊右衛門が言い張ることだった。

「では、どうしたらいいと言うのだ？」

「真家市次郎を見張り、また詐欺を働いたときに捕まえるしかありませんか」

吾平が思案げに言う。

「真家市次郎を尾行するのは難しいでしょう」

「打つ手がないではないか」

征四郎は蔑むように言ってから、

「こうなったら、まず『ふたつ屋』の沢次郎と奉公人をしょっ引くしかない」

と、言う。

「急《せ》いてはいけません」

藤十郎はたしなめる。

征四郎は苦い顔をし、

「行くぞ」

と吾平にいい、自身番を出て行った。

不安を覚えた。征四郎も焦っているのだろう。

ひとりになって、源太郎のことに思いを馳《は》せた。なぜ、私を探していたのかと、藤十郎は気になった。

ひょっとして、真家市次郎に会いに行ったのではないか。

藤十郎は神田須田町に急いだ。


『能代屋』にようやく到着した。

藤十郎は店に入り、番頭に伊右衛門への面会を申し込んだ。

番頭はすぐに奥に引っ込み、戻ってくると、藤十郎を客間に通した。

だが、なかなか伊右衛門は来なかった。わざと待たせているようにも思えた。

伊右衛門が現われたのは四半刻以上経ってからだった。伊右衛門は敷居の前で一瞬立ち止まり、藤十郎を睨みつけてから部屋に入ってきた。

「また、なに用だ?」

伊右衛門は語気荒く言う。

「如月源太郎という浪人が、こちらの離れに住んでいる真家市次郎どのに会いにきたはずですが？」

「来た。が、すでに帰った」

「帰った？　真家どのは留守でございましたか」

「いや。あの者はここを出て行った」

「出て行った？　いつですか」

「今朝だ」

「今朝……。なぜ、ですか」

「わからない」

「どこに行ったのかは？」

「知らない」

昨夜、源太郎と会ったことが理由ではないだろうか。だが、市次郎に行く当てはあるのか。

「真家どのが何をしていたか、ご存じでしたか」

「あの者は用心棒代わりに住まわせていた。私の用以外、何をしているかわからん」

詐欺の話を持ちだそうとして思い止まった。へたなことを言うと、警戒されかねない。

「真家どのとはどのようにして知り合ったのでしょうか」

「そなたに、そのようなことを話す謂《い》われはない」

伊右衛門は冷たく突き放すように言う。

「そうですか。ところで、例の茶碗が、佐賀町にある骨董屋の『竹林堂』に持ち込まれていました」

「………」

「処分なさったのですか」

「そなたに関わりない」

伊右衛門は立ち上がった。

「さあ、お引き取りいただきましょう。もう、二度とここにこないでいただきたい。よろしいか」

「わかりました。その代わり、ひとつ教えてください」

藤十郎は座ったまま、見上げて言う。

「なんだ？」

「沢次郎さんは内儀さんの弟ですね」

「それがどうした？」

「沢次郎さんと真家どのは親しくなさっていたのでしょうか」

「なにが言いたい？」

「いいえ、ただ交わりがあったかどうか知りたいだけで」

「だから、何のためにそんなことをきくのだ？」

「いえ、私事ですので、お話しするようなことではありません」

さっきの仕返しをするように、藤十郎は答えた。

伊右衛門はむっとしたように、

「もう二度と会うことはあるまい」

と、見下ろして言った。

そのとき、廊下を走ってくる足音がした。

「おまえさん」

「なんだ、騒々しい」

伊右衛門は廊下に出て、あわただしくやってきた内儀を叱った。藤十郎は何らかの異変を察した。

「沢次郎が……」

「沢次郎がどうかしたのか」

「町方に捕まったと」

「なんだと」

藤十郎も驚いて、

「内儀さん。それはほんとうですか」

「今、大番屋に向かっていると、知らせが」

「失礼します」

藤十郎は客間を飛びだした。


筋違橋を渡ったとき、湯島のほうから近田征四郎の一行がやってくるのに出会った。三十ぐらいのにやけた感じの男に、『ふたつ屋』の奉公人のふたり、都合三人が後ろ手に縄をかけられ、数珠つなぎになってやってきた。

縄尻を摑んでいる小者たちは急に呼び寄せたのではない。さっき、自身番で会ったときにはすでに手配してあったのだろう。

一行の中から吾平が飛びだしてきた。

「藤十郎さん。すみません。こういうことになってしまって」

「いえ。で、どうなんですか。三人は認めているのですか」

「沢次郎はしらを切っています。あの簪は売りにきた男から安く買っただけだと。じゃあ、あとで」

吾平は戻った。

一行は、神田佐久間町《さくまちょう》の大番屋に向かった。

藤十郎は『万屋』に戻り、離れに行った。

源太郎は帰っていた。

「『能代屋』に行ったそうですね」

「うむ。真家市次郎はいなかった」

「ゆうべ、如月さまと会ったから、逃げたのでしょうか」

「いや、違う」

「違う？」

「そうだ。俺から逃げる必要はない。俺は編笠の内の顔を見ていないし、向こうもまた俺の顔を知らないのだ」

「顔見知りではなかったのですか」

「噂に聞いていただけだ」

「では、なぜ？」

「『能代屋』の主人が逃がしたのだ。そなたと、『花守屋』の菊右衛門のふたりの襲撃に失敗したのだ。いずれ、目をつけられると思ったのだろう」

「如月さんは、なぜ、真家市次郎に会いに行ったのですか。何か深い関わりがあるからかと思ったのですが」

「違う」

源太郎は渋い顔をした。

「真家市次郎はしつこく執念深い人間だと聞いている。特に負けた相手にはじっと食い下がり、必ず斃《たお》すという。市次郎はそなたを斃せなかった」

「つまり、私を狙うと」

「そうだ。だから、俺が相手になろうとしたのだ。俺はそなたの用心棒だからな。だが、逃げられたあとだった。いや、逃げたのではない。どこかに身を隠しているのだ。そして、そなたを狙うはずだ。奴はそういう男だ」

「真家市次郎は私の前に現われるでしょうか」

「現われる。必ず」

源太郎は厳しい表情で言い切った。

四

幸三は吾平に呼ばれ、佐久間町の大番屋に行った。

道々、『ふたつ屋』の主人沢次郎と奉公人のふたりを捕まえたという話を聞いた。

大番屋に入ると、三人の男が後ろ手に縛られて、土間に敷いた莚《むしろ》の上に座っていた。

近田征四郎以外にも同心がいた。芝のほうを受け持っている定町廻りのようだ。芝神明町の鼻緒問屋が被害に遭っている。

鼻緒問屋の番頭らしい男が『ふたつ屋』のふたりの奉公人を見て、

「間違いありません。荷物を担いでいったのはこのひとたちです」

と、話した。

沢次郎のほうは知らないと答えている。

次に、近田征四郎が幸三を呼んだ。幸三は征四郎のそばに行った。

「『四季屋』に現われた男はこの中にいるか」

「似た人間がふたりいます」

「誰だ？」

「このひととこのひとです」

だまし取られたときの怒りが蘇り、つい強い口調になって、幸三は沢次郎以外のふたりを指さした。

「よし。『ふたつ屋』に、だまし取られた品物があったそうだな」

征四郎が続けてきく。

「はい。ある飾り職人が作った簪で、うちだけで売っているものがありました」

「あれは、売りに来た男から仕入れたものだ」

沢次郎が口をはさんだ。

「黙れ。おまえたちがだまし取った荷を受け取りに来たのは明白だ。騙されたほうは顔を覚えていたんだ」

「おそれながら、これは奉公人がやったことで、私はまったく知りませんでした」

沢次郎が訴える。

「おまえたち、そうなのか」

征四郎が奉公人にきく。

「あっしらは真家市次郎というお侍さんに威されて、言われた通りに手伝っただけです。あっしらには騙そうなんて気はありませんでした」

奉公人のひとりが答える。

「そのとおりです。真家って侍がひとりでやったことだ」

沢次郎が大声を張り上げた。

「静かにしないか」

征四郎が一喝する。

「真家市次郎とは何者だ？」

「私の義兄の『能代屋』の離れに住んでいます。義兄が用心棒として雇っている侍です。ときたま、このふたりを呼びつけていました」

沢次郎は狡賢《ずるがしこ》そうな目で訴える。

「なぜ、用心棒がそなたの奉公人を顎で使えるんだ？　そなたが真家市次郎に従うようにふたりに命じたのであろう」

「違います。真家市次郎は義兄の信頼を得ているので、私らも逆らえなかったのです。詐欺をやっていたのは真家市次郎なんです。このふたりは真家市次郎に威されていやいややっていたんです。どうか、信じてください」

「ほんとうの黒幕は『能代屋』の主人伊右衛門ではないのか。だまし取った品物を伊右衛門とおまえが捌《さば》いていたのだ」

「とんでもない。伊右衛門も私もまったく知らないことです」

「親分」

幸三が吾平に声をかけた。

「もうよろしいでしょうか」

「旦那。いいですかえ」

吾平は征四郎に確かめる。

「いいだろう。ごくろうだった」

「では」

幸三は大番屋を出た。

西陽が射している。向柳原から三味線堀を通って『四季屋』に帰ってきた頃には陽は落ち、辺りは暗くなっていた。東の空にまん丸い月が出ていた。きょうは満月だ。

「ただいま」

幸三は声をかけた。だが、店番をしているおゆみから返事がない。考えごとをしているのか。なんとなく浮かない顔をしている。

「おゆみ。どうしたんだ？」

幸三は少し大きな声を出した。

「あっ、おとっつあん」

「菊太郎さんと喧嘩でもしたか」

「そうじゃないわ」

「よし、戸を閉めよう」

「はい」

大戸を閉め、潜り戸から土間に入る。

「さっきね。へんな女のひとがやってきたの」

おゆみが眉根を寄せて言う。

「へんとはどうへんなんだ？」

「髪の毛がぼさぼさで、着ているものもよれよれ。痩せてみすぼらしい姿で、店先に立って、簪を見ていいかえってきくの。どうぞって言ったら、店に入ってきて、簪を見はじめたんだけど、なんだか泣いているようなの」

「……」

「どうしたんですかってきいたら、私にも娘がいるので簪を買ってやりたいけど、お金がないから買えないのって」

おゆみはため息をついて、

「私、可哀そうになっちゃって、お金はあるときに持ってきてくれればいいですから、気に入ったものを持っていってと言ったんです。そしたら、ありがとうって言って出て行ったわ」

幸三は、まさかと思った。

「他に何か言っていたか」

「いえ。ただ、店を出たあと、振り返って私のことをじっと見つめていたわ。ねえ、おとっつあん。あのひと、もしや……」

おゆみは言葉を切り、

「そんなはずないわね」

と、苦笑した。

「その女のひと、どっちに行った?」

幸三は心がざわついた。

「わからない。おとっつあん。まさか」

おゆみが口を半開きにした。

「わからない。だが、探してみる」

「私も行く」

ふたりで外に飛びだした。

「おゆみは田原町のほうだ。俺は上野山下だ」

幸三は茅町に現われた女のような気がした。おふさだ。やはり、おふさはおゆみに会いに来たのではないか。

まだ七歳のおゆみを残し、若い男と逃げ出した女だ。いまさら、合わせる顔がないはずだ。

なぜ、会いに来たのだ。娘にひと目会いたかっただけなのか。

山下までやって来たが、女の姿はなかった。寺に入ったのかもしれない。そう思って、寺の境内を一軒ずつ探した。

だが、見つからない。菊屋橋のほうからおゆみがかけてくる。

幸三は駆け寄った。

「田原町の木戸番が、よれよれの格好の女が雷門《かみなりもん》のほうに向かったのを見たんですって」

「よし、雷門に行ってみよう」

幸三とおゆみは暗くなった町を走った。途中、まだ商売をしていた団子屋にきくと、雷門を潜って、四半刻あとに雷門から出て来たという。

観音さまに行ったのだ。雷門を出て、花川戸《はなかわど》から今戸《いまど》のほうにいったか、あるいは並木から駒形のほうか。

「おっかさんだったら、名乗ってくれればよかったのに」

「今さら、合わせる顔がないのだ」

「だったら、なぜやって来たのかしら。会いたいからやってきたんじゃないの。それともひと目、顔を見れば気がすんだのかしら」

おゆみの言葉にはっとした。ひと目顔を見たいとは……。

おふさは最後にひと目、おゆみの顔を見たかったのではないか。

はっと気づいた。

「吾妻橋だ」

「吾妻橋？」

「おふさは川に飛び込むつもりなんだ」

「えっ」

おゆみは悲鳴を上げた。

「行こう」

幸三は吾妻橋に向かって駆けた。

橋の袂にやってきた。満月が橋を明るく照らしている。

「おとっつあん」

おゆみが橋の真ん中辺りに指を差した。人がうずくまっている。女だ。

幸三はうずくまっている女に近づいた。泣いているようだ。足音に気づいて、女は顔をむけた。

女は目を見開き、口をわななかせた。痩せて、すっかり面変わりしている。が、おふさの面影が微かに残っていた。

いきなり、女は欄干を越えようとした。

「おふさ。よすんだ」

「放して。死なせて」

「やめるんだ」

幸三はおふさを羽交い締めにして欄干から引き下ろした。

「おふさ」

「あたしはそんな女じゃないよ」

「おっかさん」

おゆみが女にしがみつく。

「私はおまえのおっかさんじゃないよ」

「おっかさんよ。私にはわかる。おっかさんだわ」

「違うよ」

「おふさ」

幸三は静かに語りかけるように、

「十八年前を思いだすぜ」

と、口を開いた。

「おふさ。素直になるんだ。突っ張っていても、何にもならない」

「………」

「おゆみ、とりあえず家に連れていこう」

「はい。さあ、立って」

おゆみはおふさの肩を抱いて立ち上がらせた。

ふいに幸三の脳裏に、おふさが奉公人と家を出て行った日のことが、きのうのように蘇った。

忘れもしない。十年前の十二月十五日だ。朝から小雪が舞っていた。おふさは深川の富ヶ岡八幡宮の歳の市に出かけた。しめ飾りや餅台などを買ってくるので男手がいるといい、奉公人も連れて行った。

それきり、おふさは帰ってこなかった。おゆみは母を恋しがって泣いていた。奉公人と出来ていたことにまったく気づかなかった己の愚かさに恥じ入りながら、女房に逃げられた男の惨めさにうちのめされた。

幸三はいやな思い出を振り払うように呟く。

「いい月だ」

本所のほうの空に満月がとても大きく浮かんでいた。

「おっかさん。歩ける？」

おゆみがいたわる。

おふさはおゆみに抱き抱えられるようにして一歩ずつ歩いた。

「お待ちよ」

おふさが足を踏ん張った。

「私はふたりを捨てた人間だよ。こんなことをしてもらう値打なんてない女だよ」

そうだ、おまえは俺たちを見捨てたんだ。今さら、のこのこ出てこられた道理なんかない。幸三は心の中ではそう断罪した。

だが、口をついて出た言葉は別のものだった。

「おふさ。おゆみはおまえが腹を痛めた子だ」

「………」

「さあ、行きましょう」

おゆみはおふさを車坂町まで時間をかけて連れて行った。

家に上げる。

「おふさ。腹は空《す》いてないか」

「朝から何も……」

「何も食べていないのか？」

「今、作るわ」

おゆみは台所に立った。

しかし、おゆみはそのまま強張った表情で突っ立っている。

「おゆみ、どうした？」

幸三は声をかけた。

「私……」

おゆみは何かを言いかけたが、すぐ口を閉ざした。おふさに捨てられた怒りや悲しみが蘇ったのかもしれない。母親を恋しがる一方で、許せない気持ちもあるのだろうと、複雑なおゆみの心を思いやった。

「おゆみ。俺は外で食ってくる。おまえはおっかさんと水入らずで飯を食え」

「えっ、おとっつあんもいっしょに……」

「いや、俺はいい」

「幸三さん。あたしのことを怒っているだろうね。でも、罰が当たったんだ。こんな惨めな姿を晒すようになっちゃってね」

　おふさは自嘲した。

「ここから逃げた二年後には、若い男は私を捨てて出て行ってしまったわ。若い女といっしょにね。それからはいかがわしいところで働いてきたわ」

「よせ、そんな話」

　幸三は立ち上がった。

「おゆみ。じゃあ、俺は近くで呑んでいるから」

　幸三は外に出た。

　近くの居酒屋に行き、酒を呷《あお》った。心の中で強風が吹き荒れているようだ。俺はなぜ、何に対して怒っているのか。女房に逃げられ、どんなに惨めで、寂しい思いをしたか。

　銚子を二本空けたが、少しも酔わなかった。

　確かに、俺はうちのめされた。だが、最初は怒り狂ったが、いっときだけだった。おふさがおゆみを残してくれたからだ。おゆみのおかげでどんなに楽しい日々を送れたか。その母親がおふさだ。

「ちくしょう」

幸三は自分に対して腹を立てた。おゆみを残してくれたおふさに感謝しているはずじゃなかったのか。

どうして、許せないのだ。

幸三は勘定を払って居酒屋を出た。

やりきれないまま、家に戻ると、言い合うような声が聞こえた。

「おっかさん。どうして、おとっつあんと私を捨てて行ったの。あのとき、もう二度と私と会うつもりはないと心に決めて出て行ったの?」

おゆみがおふさを詰っていた。

「私がどんな思いで、おっかさんが帰ってくるのを待っていたかわかる? おっかさんはもう帰ってこないかもしれないという恐怖と寂しさと悲しみで、私は胸がはち切れそうになった。おとっつあんがいてくれなかったら、私……」

「ごめんよ。私のしたことはとうてい許されることじゃない。でも、これだけはわかっておくれ。出て行ってからずっとおまえのことを忘れたことはない。病気をしていないか、今、幾つになったのだろう、好きなひとが出来たのだろうかって、いつも考えていた。ほんとうだよ。でも、そんなこと言ったって、言い訳にしかならないものね。おまえや幸三さんの前に姿を現わせやしない身なんだ。あたしはここにきちゃいけなかったんだ。幸三さんによろしく言っておくれ」

「おっかさん。出て行くの？」

「おまえに会えただけで、十分さ。どこかで、おまえの仕合わせを祈っているよ。『花守屋』の若旦那のお嫁になるそうだね。聞いたよ。幸三さんにあたしが礼を言っていたって伝えておくれ。おゆみをこんなに立派に育ててくれてありがとう。幸三さんのいいお嫁さんになろうと思っていたのに、若い男にだまされた私が悪いのよ。幸三さんにはなんて感謝していいかわからない。じゃあね。あたしのことは心配しないで。もう、死のうとはしないよ」

「おっかさん」

おふさが部屋を出ていこうとした。その前に、幸三は飛びだした。

「どこへ行くんだ？」

おふさは俯いて、

「おゆみをここまで育ててくれてありがとう」

「それはこっちの台詞だ。こんないい娘を俺に残してくれたんだ。俺にとっちゃ何よりの宝だ。ありがとうよ」

「幸三さん。おゆみをよろしく」

おふさは幸三の脇をすり抜けようとした。

「待て」

幸三はおふさの腕を摑んだ。

「さあ、中に入れ」

「いえ、もう、わたしは帰るわ」

「どこに帰るんだ。おふさ、おまえが帰ってくるのはここしかない」

「えっ？」

幸三は真顔になって、

「帰って来い。帰ってくるんだ」

「だって、あたしはおまえさんを裏切った女だよ」

「そうじゃねえ。おまえはおゆみの母親だ」

おゆみは俺とおまえの子なんだと、幸三は諭すように言い、

「おゆみ。おっかさんはおまえを産んでくれたひとだ。許してやるんだ」

「おとっつあん」

おゆみが泣き顔で頷く。

「おまえさん」

おふさが嗚咽を堪えきれなくなってくずおれた。

「おとっつあん。ありがとう」

おゆみの目に涙を見て、幸三も堪えきれなくなっていた。

五

その日の朝、藤十郎は非番の槌本嘉平を屋敷に訪ねた。

客間で向かい合い、藤十郎はきいた。

「その後、与田さまのご容体はいかがでしょうか」

「うむ。少しずつ回復しているようだ。だが、お役目をこなせるようになるまで、まだかなりの時を要するようだ」

嘉平は表情を曇らせる。

「その後、伊右衛門のほうはどうだ？」

「残念ながら。伊右衛門に何らかの形で責任をとらせようとしましたが、伊右衛門はまったく動じませんでした」

妻女の恨みがこもった黒釉金稲妻の茶碗を与え、反省を促したが、伊右衛門にはまったく通じなかった。

「伊右衛門に罰を与えるためとはいえ、為三郎と妻女のことを表に出すのは断じてならぬ」

「失礼ではございますが、どなたのためにならないことですか」

「決まっておる。為三郎だ」

「しかし、亡くなったご妻女どのは今の様子に満足しておられましょうか。ご妻女どのの無念は晴らされてはおりません」

「…………」

「また、与田さまとて、心を病んでおられますが、このままで回復なさるでしょうか。槌本さまが、与田さまのご妻女どのの無念を晴らして差し上げれば、与田さまの病の回復に一歩近づくとは思われませんか」

「…………」

「ご妻女どのの無念を晴らさない限り、与田さまの病の回復はない。私はそう思っております」

「しかし、どうするのだ?」

嘉平がきく。

「真相を明らかにするしかありません。確かに、与田さまには不名誉なことが明らかにされ、ご妻女どのの名誉も傷つくかもしれません。しかし、ご妻女どのの恨みを晴らさない限り、このまま与田さまは埋もれていってしまわれます」

うむと唸って、嘉平は腕組みをした。

「どうか奉行所に訴える覚悟を固めていただけませぬか」

「奉行所に？」

「はい。訴えるのは槌本さまをおいて他にありません。このままでは、現状からなんの進展もありませぬ」

「わかった」

嘉平は腕組みを解いた。

「すぐに訴えるか」

「いえ。もう一度、伊右衛門に会ってきます。真の狙いは伊右衛門に与田さまの前で謝ってもらい、ご妻女どのの墓前で詫びてもらうことです」

「よし。そなたに任せる。いざとなれば、わしが奉行所に訴えよう」

「ありがとうございます」

藤十郎は頭を下げた。


槌本嘉平の屋敷を出て、池之端仲町から下谷広小路に出る。

藤十郎は筋違橋の袂で立ち止まり、ずっと尾けてくる源太郎を待った。

源太郎はすました顔で近寄ってきた。

「やはり、気づかれていたか。ずいぶん、用心したのだが、やはり、そなたには通用しなかったか」

「疲れましょう。私のことはお気遣いなく」

「そうはいかぬ。真家市次郎は必ず襲ってくる。藤十郎どのを守るのが俺の仕事だ」

「そうですか」

藤十郎は微苦笑を浮かべ、再び歩を進めた。

『能代屋』にやってきたが、番頭は伊右衛門に話を通すのを拒んだ。

「申し訳ありません。そう厳命されておりますので」

「では、こうお伝えいただけませんか。与田為三郎さまのご妻女の件で、槌本嘉平さまが奉行所に訴えることになったと」

「お待ちください」

番頭があわてて奥に引っ込んだ。

すぐに、番頭が戻ってきて、藤十郎をいつもの客間に通した。

しかし、なかなか現われない。四半刻待って、藤十郎は立ち上がって客間を出た。

店のほうに行くと、番頭が飛んできた。

「お帰りですか」

「お見えにならない。お忙しそうなので、失礼いたします。さきほどの件、確かにお伝えください」

店の外に出たとき、

「お待ちください」

と、番頭が追いかけてきた。

「主人がお会いするそうです」

「いえ。お会いしても、私の話を聞き入れてくれそうにもありません。ただ、もうひとつ、助言をいたします。こうなったら、早く、店を息子さんに譲り、隠居なさったほうが『能代屋』にとっての痛手は少ないと思います」

藤十郎は一礼し、そのまま背を向けた。

「お待ちください」

また、番頭が追ってきた。

振り返ると、店先に伊右衛門が立っていた。

藤十郎は『能代屋』に戻った。

客間で、伊右衛門と差し向かいになった。

「与田さまはご妻女どののことがあって以来、心の病を患っております。お役目も果たせず、このままでは与田家を支えていくこともままならないでしょう。それなのに、一方の当事者である伊右衛門どのが平然としていらっしゃる。ご親友の槌本さまが、今までは与田さまの体面をお考えになって耐えてこられましたが、ついに立ち上がられることになりました。あなたが、与田さまに詫び、ご妻女どのの墓前で許しを乞えば、また違ったことになるかもしれません」

「………」

伊右衛門の顔面は蒼白になっている。

「それだけではありません。詐欺の件にしても、真家市次郎どのに罪を押しつけているように見受けられます」

吾平の話では、結局、奉公人ふたりを小伝馬町の牢《ろう》に送っただけで、伊右衛門どころか沢次郎にも手が出せなかったということだ。

「そういうわけで、いずれ奉行所の手が及ぶことでしょう。ただ、そのことで、お店やご家族にまで災難が及ぶのは忍びがたいのです。代を息子さんに譲り、お店が蒙《こうむ》る被害をなるたけ少なくなさったほうがよろしいかと思います。そのことだけを、お伝えにきました。では」

藤十郎は腰を上げようとした。

「待て」

伊右衛門が声をかけた。

「墓前で頭を下げればいいのか」

「形だけ下げてもだめです。心よりの謝罪がなければ、与田さまもご妻女どのもお許しはしないでしょう」

伊右衛門はうなだれ、

「まさか、自害されるとは思っていなかった」

と、消え入るような声で言う。

「奥方は美しいお方だった。私は目が眩んでしまった。与田さまが黒釉金稲妻の茶碗に心が奪われたように私も奥方に」

伊右衛門はやりきれないように首を横に振り、

「ほんとうをいうと、今でも夢に奥方が出てくる。血が滴り落ちる茶碗を手にして、私の足元に立っているのだ」

いきなり、障子が開いた。内儀が入ってきた。

「ほんとうなんです。このひとは、いつもうなされているんです」

内儀が訴える。

「このひとの罪を私もいっしょに負っていきます。ですから、どうぞ、お助けを」

「よせ。私はひとの道に外れたことをしてしまった。その報いは受けねばならない。おまえをも裏切ってしまった。許してくれ」

「おまえさん」

「藤十郎どの。いろいろすまなかった。いつ奉行所に引き立てられてもいいようにしておく。ただ、その前に与田さまと奥方さまにお詫びがしたい」

「あなたが与田さまに詫び、そしてご妻女どのの墓前で詫びてくだされば、与田さまの病もきっとよくなりましょう」

藤十郎は一拍の間を置き、

「伊右衛門さん」

と、口調を改めた。

「あなたが、自分の非道な行いを悔い改め、与田さま夫妻にお詫びをしてくださるなら、槌本さまとて何も申しますまい」

「許してくれると言うのですか」

「心を改めた者を裁くことに意味はありません」

「藤十郎どの」

伊右衛門は畳に手をついた。

「ぜひ、墓前にお参りを」

「わかりました」

「私もいっしょに参ります」

内儀が泣きながら約束した。

「それから、出来たら、あの茶碗を手元に置いてください。そして、常に自分を律する糧《かて》にしてください」

「わかりました。そのようにいたします」

「それから、あの詐欺の件」

そう言い出したのは内儀だった。

「うちのひとは関わりありません。私の弟の沢次郎がやったことでございます。沢次郎は博打にのめり込み、問屋の仕入れ代金にも手をつける始末。うちのひとが何度か、借金を肩代わりしてやりましたが……」

口惜しそうに、内儀は続ける。

「うちのひとからもうお金を借りられないとわかると、離れにいる真家さまとつるみ、自分のところの奉公人を使って、品物をだまし取り、自分の店で売りに出したのです。私が責任をもって、沢次郎を自首させます」

「内儀さん。わかりました。よく、話してくださいました」

藤十郎は『能代屋』を辞去し、再び、槌本嘉平の屋敷に向かった。

数日後の夕方、藤十郎は深川万年町にある悪太郎長屋にやってきた。

長屋木戸を入ると、ちょうど庄蔵が出てきた。

「あんたか」

庄蔵は片頬を歪ませた。

「おふさが『四季屋』に帰った」

「おふさが？　そうか、そいつはよかった」

「もう、あの一家とおまえさんは何の関わりもない。そのことを確かめにきた。金がなくなったからと言って、一家の前に顔を出したら私が許さない」

「待ってくれよ。この前も言ったはずだ。もう、決して関わらねえよ」

「それならいい。もし、どうしても金が欲しくなったら、浅草田原町の『万屋』まで訪ねて来い。いっしょにどうすればいいか、考えてやる」

「結構だ。それだけか。じゃあ、俺は出かけるんでな」

庄蔵は藤十郎の脇をすり抜けて木戸を出て行った。

帰り、佐賀町にある骨董屋の『竹林堂』にやってきた。

正面の壁際の棚に、黒釉金稲妻の茶碗がなかった。

「あの茶碗はどうしました？」

「安蔵が持っていった。『能代屋』の旦那が返せと言ったらしい。勝手なもんだ」

「そうですか。茶碗はただで持って行ったんですか」

「安蔵は一両置いて行きましたが、百両はする代物がたった一両です」

「でも、よく、今まで売れませんでしたね」

「何度か買い手がつきそうになったんですが、みな、あの汚れに気づいて。血だと言ったら、みんな尻込みしました」

「だったら、一両もらえたら御の字ではありませんか」

「まあ、そうですね」

中次郎はにやりと笑った。


佐賀町から仙台堀を渡った。だいぶ、辺りは暗くなっている。

小名木川にかかる万年橋に差しかかったとき、いきなり目の前に編笠の侍が行く手を塞ぐように立った。

「真家市次郎どのか」

藤十郎は呼びかける。

「なぜ、私を？」

「負けるのが嫌いでな。勝つまで闘うのが俺のやり方だ」

「『能代屋』からの帰りに私を襲ったのは伊右衛門から命じられたのか」

「いや。そなたが『花守屋』の店の奥から俺を見ていたからだ。俺の仕事を邪魔したのはおぬしだと思った」

「店の奥にいたのに気づいていたのか」

藤十郎は驚いて言う。

「そうだ」

市次郎が抜刀した。

「もうひとつ。詐欺を働いたのはそなたが勧めたのか」

「沢次郎に話を持ち込まれた」

市次郎は正眼に構えた。

「無腰の者に勝っても仕方なかろう」

突然、藤十郎の背後で声がした。源太郎だ。

「藤十郎どの。この場は俺に任せてもらおう」

藤十郎は源太郎の真剣な眼差しを見つめて、

「わかりました」

と、応じた。

「先に帰ってよい」

源太郎は抜刀しながら言う。

「では、お任せしました」

藤十郎は市次郎の脇を抜けて両国橋のほうに向かった。

竪川《たてかわ》にかかる一ノ橋の手前にある一つ目弁天の前で、藤十郎は待った。

四半刻ほどして、源太郎がひとりでやってきた。

「どうしました？」

「別れた。もう、藤十郎どのを襲わぬ」

「どうやら、私の警護より、真家市次郎に会うのが狙いだったようですね」

「まあな」

源太郎は一ノ橋を渡って行く。

「やはり知り合いだったようですね」

追いついて、藤十郎はきく。

「そうだ。いっしょに御家を飛びだした仲間だ。江戸に来てから、離ればなれになった」

源太郎は詳しくは語ろうとしなかった。

『万屋』の前で、吾平が待っていた。

「藤十郎さん。沢次郎が自首してきました。ただ、真家市次郎の行方はわかりません」

「そうですか」

源太郎が涼しい顔で聞いていた。真家市次郎は江戸を離れるのかもしれない。だが、藤十郎はあえて深追いしなかった。

翌日、藤十郎は下谷車坂町の『四季屋』に行った。

店先に立ったとき、おやっと思った。見知らぬ女が店番をしていた。少し痩せているが、整った顔だちの中年の女だ。

奥から、幸三が出てきた。

「おふさ。じゃあ、行ってくる」

「おまえさん、気をつけて」

女は幸三に声をかけた。

「あっ、藤十郎さん」

幸三が気づいて、はにかんだ。

「おかみさん、帰ってきたんですね」

「ええ、やっと」

幸三の仕合わせそうな笑顔に、藤十郎の顔も綻び、こっちを見ているおふさに会釈をした。

解　説

小椰治宣

質屋藤十郎が活躍するシリーズも、本作で五作目となる。前作『恋飛脚』では、武家社会そのものをわが掌中に収めんとする野望を抱いて、江戸への進出を企《たくら》む大坂の鴻《こうの》池《いけ》一族（裏鴻池）とそれを阻止せんとする藤十郎とが、死闘を繰り広げた。大坂まで出向いて鴻池の野望を挫《くじ》くことにひとまず成功した藤十郎は、本巻では質屋の主人の貌《かお》に戻り、余裕のある雰囲気が感じられるようになった。本シリーズを初めて手にされる方は、鴻池と藤十郎（『大和屋』）との闘いに、ちょっと戸惑う部分もあるかもしれないが、これはシリーズ全体を貫くテーマでもあるので、是非これを機に他の巻も読んでいただきたい。さらに、面白さが倍増するはずである。

さて、藤十郎の営む質屋だが、これは、江戸時代には庶民にとって不可欠の金融機関であった。武士から裏長屋の住人に至るまで、およそ質屋と無縁な人間の方が少なかったのではあるまいか。生活費が不足すると、夏ならば火鉢や炬燵《こたつ》、冬ならば蚊帳を質入れして、必要な時にまた受け戻す。狭い長屋暮らしの場合には、不要な品物の一時預り所の役割を果たしてもいたのである。井原西鶴の『日本永代蔵』や『世間胸算用』にも、当時の質屋の様子がいきいきと描かれている。例えば、『胸算用』巻一には、質屋の店先でのこんな情景が描かれている。貧乏浪人が年の暮れに抜きさしならなくなって女房に長刀《なぎなた》の鞘《さや》を一つ、質屋に持っていかせる。すると、質屋の亭主が、「こんな物が何の役に立つものか」と投げ返した。女房は顔色を変えて訴える。

「人の大切な道具をなんで投げてこわした。質に取るのがいやなら、いやといえばすむ事じゃ。その上何の役にも立たぬとは、聞きずてにならぬ。それは妾《わたし》の父上が関原の戦《いくさ》で、比類のない手柄をお立てになった長刀なのじゃが、男の子がなかったので妾にゆずってくださり、時めいていた時の嫁入りの行列に、対の挟箱《はさみばこ》の先に持たせたものです。それを役に立たぬといわれては先祖の恥」

と、質屋の亭主にむしゃぶりついて泣きわめく。当惑した亭主は、ついに銭三百文と玄米三升で何とか片を付けたという次第だ。(暉峻康隆訳・注『世間胸算用』小学館ライブラリー参照)

質屋は総登録制なので、株を買って仲間に入らなければ営業できない。質入れする物に盗品や禁制品が含まれていることがあり、それを防ぐために、自由な営業は禁じられていたのだ。元禄五年(一六九二)に、幕府は江戸府内の質屋を掌握して、質屋仲間総代三名を任命した。それ以降は、質屋業を営む者は本石町《ほんごくちょう》にある総代会所で登録することが義務づけられたのである。登録すると、作法定書《さほうさだめがき》と総代三人の焼印を押した将棋の駒形の看板が与えられた。藤十郎の店も、もちろん登録しているはずで、本書にも、こんな一節がある。

「土蔵造りの質屋の屋根に飾られた将棋の駒形をした看板には「志ちや」と書かれ、隅に万屋藤十郎とある。」

作法定書によれば、質流れになるまでの期間は刀や脇差、家財道具が十か月（のち十二か月）、衣類などは六か月（のち八か月）、利率は銭百文（一両は四千文）につき月利三文（のち四文）——年利三六パーセント（のち四八パーセント）——であった。これは当時の消費者金融に比べれば低かったので、金に困れば、まず質屋というのが一般的な方法だった。それだけに、質屋の数も多く、享保八年（一七二三）に江戸では二七三一軒営業していたという記録が残っている。江戸の推定人口が一一〇万人なので、約四〇〇人に一軒の割合となる。

質入れするときは、借主と請人《うけにん》（保証人）が連署し、必ず二人の朱印が必要とされていた。借主単独での契約は、禁止されていたのである。だが、本作でもそうだが藤十郎は、このルールを無視して、どんな品物も、それが盗品の届出がない限りは多少怪しいものであっても、そして保証人なしでも受け入れていた。『万屋』という名も、万人に開かれたフリーアクセスの店という意味を込めたものなのであろう。

だから、持ち込まれる品物は曰《いわ》く付きのものも少なくない。これまでにも、女物の煙草入れ（第一巻『質屋藤十郎隠御用』）、からくり箱（第二巻『からくり箱』）、懐剣（第三巻『赤姫心中』）そして竹紋の刺繡《ししゅう》入りの財布（第四巻『恋飛脚』）が、藤十郎のもとへ「事件」を持ち込んできた。今回は、茶碗《ちゃわん》である。「黒い釉薬《ゆうやく》を使い、図柄に金色の稲妻が浮かび上がっている」見事な作りの茶碗だ。だが、藤十郎がよく見ると、その底には血の跡が残っている。これを持ち込んだのは、『四季屋』という小間物屋の主人、幸三という四十二歳になる男だ。幸三は、この茶碗で二十両を借りていった。

幸三がいかにして茶碗を手に入れたかといえば、それには次のような経緯《いきさつ》があったのだ。詐欺師に引っかかり、二十両分の品物をだまし取られてしまった幸三は、ある事情から二十年前に喧嘩《けんか》別れした、幼馴染《おさななじ》みの鼻緒問屋の主人文太郎のもとに金を借りにいった。

だが、幸三は二十年前の出来事を思い出すと、素直に頭を下げる気持ちになれず、カッとして店をとび出してしまった。二十両なければ店はつぶれてしまう。後悔しながら、不忍池の弁天堂のあたりまでやってきた幸三は、置き忘れてあった風呂敷に包んである桐《きり》の箱を拾う。その中に入っていたのが、例の茶碗だったのだ。

藤十郎は、茶碗の底に血の跡があったことから、「この茶碗を巡り、何らかの惨劇があったのかもしれない」と推測し、茶碗の出所を探っていく。すると、この茶碗の持ち主は、旗本の与田為三郎で、古着屋の『能代屋』から百両で手に入れたらしいということが判《わか》ってきた。ところが、この茶碗を手に入れてから不吉なことばかり起こり、与田の奥方がつい先日亡くなっていたのだ。そこで、元の持ち主に返そうと与田は出入りの商人に茶碗を預けた。その商人が、不忍池の端に置き忘れ、それを拾ったのが幸三というわけだったのだ。

藤十郎は、与田為三郎の奥方の死と茶碗の血の跡とが何らかの関係があるものと考えて、奥方の死んだ理由を探っていく。すると、茶碗を巡るなんとも悲惨な事実が浮かび上がってきた……。

一方、茶碗を質入れして二十両を手にした幸三はといえば、その金で店を再開することはできたものの、喜びも束の間、次の災難が待ち構えていた。それは十七歳になる娘のおゆみの身にかかわる重大事。解決するには五十両が必要であった。

追い詰められ、他に金策のあてのない幸三は、再び幼馴染みの文太郎のもとを訪れた。妻に逃げられたあと、幸三がこれまで何とかやってこられたのは、おゆみがそばにいてくれたからこそであった。ここは、何としても文太郎に頭を下げて頼むしかない——そう心に決めて訪ねた幸三だったのだが……。

そもそも幸三と文太郎とは長屋の隣同士で幼いころからの大の仲良しであった。二人とも働き者だったが、ひとりで店をもつには何年かかるか分からないので、二人でひとつの店をもとうと約束して頑張っていた。ところが、ある日突然、文太郎が大店《おおだな》の鼻緒問屋の婿《むこ》に入ってしまったのだ。文太郎に裏切られた――幸三はそうかたくなに思い込んだまま二十年暮らしてきたのだった。

という具合に、本作は茶碗の底に付着した血の跡をめぐる謎、さらには連続する詐欺事件の犯人捜しといったミステリー的色合いのヨコ糸とともに、親友の裏切り、妻の家出、詐欺そして娘の危難と、不幸ばかりに見舞われてきた、幸三の再生の物語が、太いタテ糸となって全編を貫いているといえる。茶碗の謎を解きながら、本シリーズの主人公たる藤十郎は、幸三の再生に自《おの》ずから手を差し伸べることにもなっていくのである。しかも、それが恩着せがましくなく、さり気なく、そっと手を触れるように実行される。それが、質草に絡んだ問題には、とことん責任をもつという藤十郎ならではの質屋のあるべき姿なのであろう。そこにこそ、他の時代小説のキャラクターとはひと味もふた味も異なる藤十郎の魅力の源泉があるのだと私は思っている。静謐《せいひつ》な中に強靭《きょうじん》さを秘めた、とでもいえそうな、そのキャラクターは、同じ作者の他のシリーズ、例えば三十巻を超える〈風烈廻り与力・青柳剣一郎〉シリーズ（祥伝社文庫）や十巻を超える〈般若同心と変化小僧〉シリーズ（光文社時代小説文庫）の主人公たちともタイプを異にしているといえるだろう。多くのシリーズを抱えながらも、これだけ個性的なキャラクターを造型できる作者の手腕には感心するばかりである。

ところで、本作は幸三の再生の物語と先ほど述べたが、その根底にあるのは〈家族の絆《きずな》〉であり、その再生である。夫と妻の、母と娘の、そして娘と父の関係が、さらには幼馴染みとの関係（友情）が果して復活するのか否か、するとすればそれはどのような形で実現するのか。人情の機微を描くことに巧みな作者の筆は、どんな結末を用意してくれているのか。本書の真の読み所は、まさにそこにあるといえる。

ところで、今や時代小説界を支える人気作家の一人といえる作者だが、現代ミステリーの中にも、〈家族の絆〉をテーマにした作品は少なくない。『土俵を走る殺意』、『父と子の旅路』、『父からの手紙』あるいは集英社文庫に収められている『絆』、『それぞれの断崖』、『水無川』、などが、すぐ頭に浮かぶほどである。現代ミステリーでも小杉健治の世界を味わってみていただきたい。

最後にどうしても気になってしまうのは、沈静したかにみえる鴻池一族の野望が、今後どのような形で復活してくるのかという点である。藤十郎（『大和屋』）対鴻池という本シリーズの大きなテーマが、次回はどう動いていくのか、そして、その動きの切っ掛けを作る質草は、どんな品物なのか、今から大いに楽しみである。

（おなぎ・はるのぶ　日本大学教授、文芸評論家）

本書は、集英社文庫のために書き下ろされた作品です。

小杉健治の本

質屋藤十郎隠御用

万屋は庶民の味方の質屋。ある日、女の煙草入れが持ち込まれる。なかに奇妙な手紙が挟まれて……。主人藤十郎がその謎を追って動き出す。質屋を舞台に人情味豊かな世界を描く。

集英社文庫

小杉健治の本

からくり箱

質屋藤十郎隠御用 二

浅草の万屋は庶民の味方の質屋。ある日、大きさに不似合いな重量のからくり箱が持ち込まれる。中に何が入っているのか……。人情味豊かな世界にはまる書き下ろし推理時代小説。

小杉健治の本

恋飛脚

質屋藤十郎隠御用　四

浅草の万屋は庶民の味方の質屋。竹紋の財布を持ち込んだ上方なまりの男が殺され、竹紋に覚えのある主・藤十郎は、事件の謎を追って大坂へ。人情味豊かな痛快捕物帳。書き下ろし。

小杉健治の本

贖罪

駆け落ちで一緒になった年上の妻が殺された。妻が離婚を望んでいたため、アリバイのない夫に容疑が。複数の容疑者から、真の罪人を追及する弁護士の活躍。書き下ろしミステリー。

鎮魂

隣人殺しで32歳無職の森塚が逮捕されたが犯行を否認。鶴見弁護士が森塚に接見するも、供述が二転三転。元彼女はＤＶストーカーの森塚を極端に恐れるが……。号泣ミステリー。

集英社文庫

観音《かんのん》さまの茶碗《ちゃわん》 質屋《しちや》藤十郎《とうじゅうろう》隠《かげ》御用《ごよう》 五

2016年11月25日 第1刷　　定価はカバーに表示してあります。

著　者　小杉健治《こすぎけんじ》

発行者　村田登志江

発行所　株式会社 集英社

東京都千代田区一ツ橋2-5-10　〒101-8050

電話【編集部】03-3230-6095

【読者係】03-3230-6080

【販売部】03-3230-6393(書店専用)

印　刷　株式会社 廣済堂

製　本　株式会社 廣済堂

フォーマットデザイン　アリヤマデザインストア　　マークデザイン　居山浩二

ISBN978-4-08-745519-9 C0193